《白玫瑰》

李潼

客廳裡人來人往，走動的人沒說約束也都這樣放輕腳步，怕驚擾了誰。美華穿一襲照相館租來的伴娘禮服，挺挺坐在淑玲的爸媽中間，她双手輕輕壓伏白紗裙襬，兩指夾捏，將裙角再提起一些。在長椅條坐下時，才發覺白紗蓬得太誇張，像新娘服一般，她不敢低頭，低頭更像待嫁的新娘了，幾次抬頭，眼光卻無處放。

淑玲的媽媽新做了頭髮，藥水和髮膠混合的香味，一直在客廳裡飄浮不散。淑玲的老爸拉了幾次給領帶束綁的衣領，不敢放聲咳嗽。對面一排，靠牆坐著的，是她叔叔或舅舅，各抱著一個扮成花童的小男孩和小女孩，都抹粉點胭脂，女孩的兩道飛翹黑眉，畫得和那個不時在廳裡、廳外走動，輕聲和來客招呼，點收禮幛和賀金的婦人相同。花童似乎不耐久候，掙扎著要下來，都給他們的父親摟住，抖動膝頭，貼著他們耳朵說話；兩個花童臉臭臭，歪斜躺坐，黑鞋懸空比劃，還不甘心屈服。

美華一指頭，兩個小鬼就眨眼逗她，美華只好將眼光移走。門內一邊擺著全新的二十八吋電視、洗衣機、烘乾機和臥房用小冰箱，都貼了紅紙。門外簷下，淑珍的那部輿風五十摩托車也給洗刷得新亮，沒看清是否也貼了紅紙，也是要當嫁粧一起送去的吧？

相思月娘

李潼短篇小說精選集

李潼

本書作品選自一九九一年《屏東姑丈》（遠流出版公司）與一九九五年《相思月娘》（麥田出版公司）。

目錄

領帶與讀者

——以他者鏡像為討論起點的閱讀心得

賴以誠（李潼長子）

我很幸運，打領帶是父親親自教我的。

現在回想起，他教的應該是溫莎結。他說：「男人要學會自己打領帶，一直用假領帶會讓人看輕。」

而我真正第一次打領帶，就是參加他的告別式。告別式前一晚我準備了三條全黑領帶與白襯衫，自己一條，兩條給弟弟。我在鏡子前努力回憶他的教法，試了幾次，放棄……上網找教學圖示。我把溫莎結與半溫莎結的差異弄懂，在鏡子前又試了幾次。看見鏡子中第一次打領帶的自己，實在陌生而怪異，一個神色黯淡的大二學生打著領帶像是要去應徵工作的新鮮人，或早晨起來恍惚於鏡前的上班族，耳邊又不時浮現父親教我打領帶的訣竅與場景，心中惆悵起來。

打好領帶，把大弟、小弟也找來，逐一教學。才發現教人打領帶，不容易。

鏡像左右相反，教者與學習者面對面也同樣左右相反。口中說出的左右又容易與學習者視覺、動作的左右造成混淆，遑論是溫莎結的左上右下纏前繞後。弄了半天，教學雙方都要昏頭。最後，我放棄鏡子，與弟弟同方向並排站立，打領帶教學，一次完成。直到現在，要我自己低頭打領帶，行！一看鏡像，打不起來了。

我不是拉康，往往困惑於物理鏡像。除了讓人左右不分，鏡中的自我影像更讓人迷惑。都說他者鏡像讓人反思自省，有助於自我完形的建立——當然，與其相隔一層冰冷的玻璃與水銀來認識自我，不如多讀幾篇有溫度的小說來的有意思。

父親是作家，我是讀者；他喜歡闡述塑膠生產與作家創作的關聯，我好奇於鏡像自我與小說人物的隱喻；他將少年小說視為自己創作的主力，但我一直清楚他在現代短篇小說中的筆力同樣驚人，時報文學獎和洪醒夫文學獎讓他的短篇小說作品定位更加明晰。之後他專攻少年小說，姑且不論腳步是否如蝴蝶，就其出拳方式，自然有現代短篇小說犀利如蜂螫的勢態。

李潼的現代短篇小說大多保有七〇年代人道主義或理想主義色彩，面對嚴肅的政治、社會議題也多懷有淑世思想，關注對象往往不離中下階層、弱勢族群或社會邊緣人，鄉土或自我認同仍然是主題。相反的，他將九〇年代後設的自我語言、多元敘事觀點與各種形式實驗都放進了少年小說領域，勇敢的在兒童文學中嘗試了「世紀末的華麗」，也將後現代或後殖民的諸多概念摻雜其中。相對而言，其現代短篇小說的解讀面向或許還更加清楚。

雖說清楚，但事實上李潼寫作的現代短篇小說，面對尖銳議題仍大多委婉含蓄，四兩撥千斤，在技巧上很有看頭。光是〈屏東姑丈〉中出現的幾條領帶就很有樂趣。從陳秋耘挑到高雄黑派余老大送的領帶，到那一路糾纏他頸脖的藍底白斜線領帶，都暗指姑丈將他的政治企圖與想像不斷加諸下一代人身上，小說中固然點到了白色恐怖、黨外運動的興起與解嚴後的全民政治運動，但小說中姑丈將兩個兒子取名「國政」與「國治」，以及阿姑悲訴姑丈得了官癌，到姑丈對國政游泳成績與國治藝術天分的漠視，一心只想投身政治、熱衷選舉，甚至被拘留也非得要縣長級以上的政治人物來保釋的行為，都做出直截的批判。同時，從陳秋耘的不孕到「……還是要把領帶解開，給自己一個公道，頸脖上無糾纏，總是自在些。」、「……趁勢將領帶扔過橋欄。河風急竄，藍底白斜線的領帶一捲不見，車內車外似乎也無人察覺。」都讓原本令人氣悶的種種政治情結、無奈的人生挫折都獲得釋放。政治顯然並非唯一的價值。

同樣在敘述政治意識型態的議題，〈銅像店韓老爹〉更加銳利。一九八八年蔣經國逝世，代表蔣家政治集團的兩蔣銅像，以及隨之式微的高壓政治，成了最好運用的小說題材。文中大量運用頑童的嬉鬧舉止與韓老爹的抑鬱不得志，做出對高壓政權的反抗、嘲弄，以及政治環境壓迫下人民無法呼吸的無言與無奈。情節描寫更是直截了當：「韓老爹摸索出來，專程要擲那隻停在銅像頭頂的麻雀。我們默契不夠，讓他丟空了，黏土貼在銅像額頭正中，韓老爹很惱火……韓老爹的準頭實在不太行，六發中三槍，及格而已，三沱黏土分別貼在銅像的鼻頭和左眼、左臉頰，看來真滑稽。」

諷刺性的文句看了也令人會心一笑：「他圓睜雙目，左手握拳叉腰……那神態極像他鑄造的那尊對人訓話、振臂高呼的銅像。」、「那將軍司令官的腦筋不錯，也是親民愛民的人。」、「韓老爹真像校閱官，開口無聲，大概是說：『好，好，』」小說結尾更是令人感慨，隨著兩蔣威權體制的消逝，取而代之的是另一波選舉熱潮。當年韓老爹喜愛的純美術與藝術理念，已無從發揮；不料進入民主時代，藝術依然能夠持續為政治服務：「他也懂得印染，現在時興插旗幟，綁頭帶，四處見著反核能、反公害和各黨派出街遊行。一波接一波，印染的市場很有潛力……」讀者或能透過主人公與韓老爹父子如鏡像般的他者經歷，對於政治環境與氣氛的壓迫感產生些許文化自省。如此一來，銅像的多重象徵和韓老爹氣悶的原因，讀來便令人心有戚戚焉。

其實，早在〈恭喜發財〉李潼就利用了直接控訴或嘻笑怒罵的對話，搭配許多直接或間接的象徵，來說明土地徵收、地皮炒作以及鄉村轉型過程中種種情感、文化斷裂的問題。小說中，控訴的對話甚至直接利用一道灰黑影子來咒罵：「好好的田園弄到這地步，看你們這些少年有什麼良心？」、「那種錢也敢賺？那是賣祖公肉呀。」很有些遺留自七〇年代鄉土文學的社會改革味道。

當然，〈恭喜發財〉的議題針對性非常明確，這與李潼在宜蘭羅東的生活有直接關聯，因此寫來格外袒露直白、控訴得毫無畏懼：「我不是故意的，我是忍不住笑出來，因為她又說：『你有沒有醉？』……我把護士小姐的問話聽成『你有沒有罪？』」、「……這是氣嗝，生氣的氣，你不要問我氣什麼，我實在說不清楚。」把種種對於政府土地徵收的霸道和田僑仔的唯利是圖，在小說中做出評價，一吐不平之氣。更巧妙的是，李潼在小說人物中又安插了一名誤入酒家而被強硬奪走處子之身的原住民少女，在與只想藉由土地發財的平地青年對照下，直指原住民更早就在天真與蒙昧下被強占土地並買賣的傳統。加之主要小說場景建立在冰冷無感的醫院中，以及主人公得不斷面對一面碩大的鏡子，透過鏡像不斷被迫檢視自己與逆轉的時間，諸多具有反省意義的他者鏡像安排，其文學空間與時間的運用方式，都相當引人入勝。

若僅以鏡像理論管窺李潼的現代短篇小說自然偏狹，但其小說題材觸及範圍與主題取向，又似乎可歸納出一些藉由他者提供主體反思的梗概，如本小說集所選入〈梳髮心事〉，記錄外省第一代對於家庭價值的珍惜，以及和親人分別的無奈；〈沈大夫的花房晚餐〉描寫花了數十年終於學會放下身段，拋開虛榮的外省老醫生，開始體會真正陪伴在身側的才是珍貴的道理；或是委婉敘述青少年在畸形的家庭，學校環境中受挫，而於飆車中尋求認同與追求自由的〈白玫瑰〉，同時寫出青少年極端表現自我的方式，與對生命淺薄的看法；還是〈喬遷誌喜〉中描寫都市發展環境下追求功利的務實人子，重新感悟到對於過往逝去田園家庭生活的悼念與追憶。從題材的選擇當中，可看出李潼對於八〇年代的生活痕跡、周遭事物或時代氣氛的敏感特質與觀察力，寫作手法可婉曲亦可直截，可重擊亦可太極，施展開來不疾不徐，自有其風範，如今讀來，充滿滋味。

於我而言，情節是人物的鏡子；人物則是讀者的鏡子；而我身為讀者，作家父親的每一段文字都是我的鏡子。透過文學鏡像，我或許可以暫時地感到指針逆轉、時空倒回至與父親相處時光的滿足與欣慰，也或許可以透過他的文字逐步建立完整的自我與和諧性，進而產生認同，無論是自我、土地或各種價值觀的認同。面對鏡像，我不知是否人人能夠完整的掌握自我個體，「我」的建立或與外界的區隔，當真能夠如此清晰而簡易地成立？

邁入而立之年，似乎又是一次人生的鏡像階段，無論打不打領帶，無論溫不溫莎結——總是一個再次自我認識的起點，混沌與明晰的分界；分離與合一的交點；也是虛幻與真實的分殊，同時，又揉雜了過往與未來的回溯與企望。

人生與文學同樣虛幻，幾次的解讀與誤認，也許就這樣過了。

我很幸運，打領帶是父親親自教我的。

自序

塑膠與作家

在蘭陽平原又一次紮實的熱帶颱風席捲，樹拔屋掀，災情慘重。過後不久，我在北迴列車和一個長者同坐。老人是個命理師兼解堪輿，家住基隆，颱風過境時扛抬擋風板，右手扭傷，這幾天舉箸都不利便，特來羅東找尋舊識的拳頭師傅推拿。

誰知道這拳頭師傅也在颱風來襲時，作防颱措施傷了兩手，一早趕去花蓮找他師傅去了。尋醫未遇的命理師傅，也不在羅東就近治傷，托著一手就這樣折返基隆。

少有命理師是不健談的，天文地理之外，還有老人積累的閱歷多聞，因此話匣子開啓，山川水月、風土人情，一路是沒得冷場。

較之這命理師，我雖略遜一籌，但哼呵應對，搶三兩空隙抒發淺見，似乎也沒太離譜，讓他話與一直保持高昂之餘，竟能博他英雄相見恨晚的驚喜。

老先生沒主動要為我算命測運，排一盤、卜一卦，他直截問我從事哪一行？我這人好處有幾樁，但就是不善遮醜；況且作家這行業，在我們這社會還不至淪落到不堪入目，或被某派教徒追殺的地步，我從實報告：「作家。」

手受傷卻仍具高度職業自負的老先生，沒料到這行業還有人能和他對談如流，更加詫異。

「你在王永慶先生的公司？」

「我跟他沒關係。」

「在南亞塑膠？」

「不，我在家裡自己做。」

「家庭工廠，那是做半成品了？」

寫作是家庭手工業，處理的大抵是半成品，也沒錯。

「你的產品賣給誰？」

「大部分是報刊、雜誌或出版社。」

「那是文具類的產品？」

命理師在八堵下車轉去基隆，他自始至終都認定我是從事塑膠行業。

這無關他看相識人的準確度，終究作家是稀有族類、陌生行業，超出一般理解太遠，即使閱歷豐多的命理師無從察見，也是情有可原。蘭陽平原的户籍總冊，職業欄登記為「作家」的，也只有我這麼一人，可和他辯證。

塑膠和作家，不清不楚的連結一起，不是普通創造力的人想像得來，其實兩者的來由和養成也有象徵上的強烈相似。

塑膠來自石化工業，從汙濃渾濁的原油提煉而成。原油是聚集億萬年來的藍綠海藻、有孔蟲類和活的有機物，通過緩慢的物理和化學變化產生，大概含有白堊紀、侏儸紀各種恐龍的肉骨血骸，有億萬年來各種動植物的殘脂餘澤；有億萬人類以各種原因留埋地底的所有一切。

這樣意外和命定匯合成的深地原油，被汲取而出，再三再四的被運用，單是成為千百萬種用途的塑膠，也足稱神奇。塑膠成品可實用、可觀賞，卻也經久耐用不腐敗，運使不當還會引起環境公害。

作家的養成也是「通過緩慢的物理和化學變化」居多。作家的涵養不也是七葷八素的林林總總？再提煉、再加工的作品，即使有熱切的讀者，有時也還難脫半成品的形貌。文學作品可實用、可觀賞，因為運使隨人，腐敗或不腐敗都有造成人文公害的可能。

在強烈颱風中傷手的命理師傅，鐵口直斷「那是文具類產品」，各説各話，笑果頗佳，而其實他猜的也不算太離譜。

有沒有塑膠型這一號作家？

塑膠作家躋身在悲情作家、苦瓜作家、鴛鴦作家、異色作家、武俠作家、夢幻作家、關刀作家、烏鴉作家或藍波作家之列，給文壇的熱帶颱風、寒帶東北季風或綿綿地本地風雨拂來搧去，若能保有一分清醒、一點氣味，讀者各取所需，或作家自得其樂，都好。

李潼

註：本篇原收錄於一九九五年麥田出版公司出版《相思月娘》。

洪不郎

潘金勇投一個高壓下墜球餵給第八棒的小個子吃。二出局，一在壘。小個子亂揮砍，給他砍了一支二游間滾地球，球速不強，但是亂蹦跳。那個第八棒和一壘的第五棒死命跑，扭得很難看。「滑壘！滑壘！」對方的大肚教練一喊，兩個跑壘的傢伙隨即俯衝下去。

亂蹦跳的球鑽過潘金勇胯間，潘金勇劈腿坐下，也沒壓住它。洪不郎閃過二壘跑者，沒等他滑壘，自己先滑一跤。他那個開中藥房的老爸和徐教練喊他，「撿起來！傳一壘」，游擊手的洪不郎趴在內野紅土上，將球攔住。

兩個跑壘者俯衝太早，人停了，雙手離壘包還有一人遠，狗爬過去。洪不郎也是那樣狗爬式的去撿球。

洪不郎爬得沒別人快。裁判雙手劃平，安全上壘。

我們這些坐板凳的人，沒一個坐得住。七局下半，四比三我們領先，只要再收拾一個就沒事了。洪不郎怎麼又這樣？

「安啦，沒要緊，三壘和本壘的人要顧牢，我們會贏啦。」洪老闆大聲叫道，居然脫下帽子在頭頂飛旋，好像有人打了全壘打，或是要召集隊員回來。

徐教練臉色不好，氣沖沖喊暫停。我趕緊把那壺人參茶提過去。

隊員都小跑步回來了，圍在場邊等教練指示，一隊人都到齊，洪不郎還瘸著一腿慢慢蹬步，好像給扭了筋。他每次漏接球，總又跟著受傷，也不知是真是假！

徐教練瞪眼，等洪不郎。我倒一大杯人參茶讓大家輪流喝；捕手林萬佶不喝，把杯子交給一壘手毛書文，毛書文傳給二壘手邱煜基，邱煜基也不敢喝。這杯人參茶冷熱適中，也沒再摻些別的，卻又像傳球似的，又從三壘手的洛卡仔傳回本壘，給本壘外的徐教練，徐教練仰頭整杯灌下。

人參茶真有功效，徐教練才灌下精神又好了一倍，「每個人都要加強守備，不准再漏接，誰給我漏了，我就要他負責。對方，現在可能採取觸擊，讓我們亂；但是，我們不要亂，只要封殺最近的一壘，我們就贏了，知道嗎？」

徐教練說得這樣大聲，不怕戰略給對方聽見？大家點頭，我也跟著點頭。徐教練要洪不郎和左外野手對調。

「徐教練，我看對方不會採取觸擊。」洪不郎的老爸說：「換了我，我會找代打，打一支大支的『洪不郎』，一次就結束比賽。」

大家都愣住了，怎麼這樣說呢？我們已經夠緊張，還這樣嚇我們。洪老闆知不知道他是哪一國的？

「我是教練，讓我來指揮。剛才，漏接那個球，我還沒罵人，這場球要是沒贏，我們就『奧漬』你知道嗎？說什麼。」

「你把他調去左外野，我也沒說話。剛才要不是那個投手擋到他的視線，他會漏接？你要知道，我是最支持這個球隊的，你為什麼不乾脆把他換下來，換下來啊。」洪老闆說著，伸手去拉洪不郎，洪不郎往後退，沒給抓到。

「你還想打球，我們可以轉學，到別的球隊，不怕沒人要。跟這個番仔隊，給調來調去，我們不必受這個氣，走！我們不稀罕。」

灌了一滿杯人參茶的徐教練，似乎也動氣了，抓住我，「把茶壺放下，左外野手不換，換你跑游擊手。」

換我？我還沒熱身哩。我上去，洪不郎怎麼辦？大家要怎麼辦，以後不就沒有人參茶可以喝了嗎？徐教練會不會給換掉？哎，一定是那杯人參茶害了他。

我們的所有球具和一個人兩套球衣，都是洪不郎他老爸供應的，學校只發動勞動服務來整理場地，買了一打球。

本來，我們也沒有組球隊這樣正經出來比賽的意思，大家只是隨便玩，只有一支球棒、一個球和一副手套，禮拜天早上到操場打一場。

有一天，徐教練騎摩托車來遛狗，那隻秋田狗把我們的外野滾地球咬走不還，沒人敢去要回來。那麼大一隻，站起來都比我們高，誰敢？徐教練去要，秋田狗也不還，跑去溜滑梯底下，把我們的寶貝球咬成一團破抹布。

徐教練賠了兩個舊球、一支球棒和三副手套，有一副還是捕手手套，我們才知道他會打棒球；而且曾經是公賣局棒球隊的王牌投手。

是他自己要當我們教練的。每次把那隻秋田狗綁在溜滑梯下，教我們做熱身操、做基本動作，從捕手教到投手、各壘手，從內野、外野守備到各種打擊，才過了一學期，我們就很厲害了。

徐教練的朋友是明禮少棒隊的教練，他們在花崗山上練習，我們去山上當靶子，借他們的全套球具。每次我們一上壘，那些有制服穿的人就喊：「沒要緊！」一越喊越沒聲音，打了五局就不打了，七比〇。換了我，也叫不出來。

洪不郎他老爸，也是我們沒要他來，他自己來的。

說是洪文勝自從打棒球，回家後，每餐都吃三碗飯，氣喘不見了，臉色好看了，勝過吃燉補。他來操場觀戰，每次都帶一包高麗人參片，教我們含在舌頭下，生津解渴，滋補元氣。

洪老闆大概也常吃人參，所以中氣足、嗓門洪亮。沒聽洪不郎說他老爸打過棒球；但是規則和戰術他是懂的，要不，洪老闆哪敢指揮我們這樣、那樣。

練習或比賽，徐教練很少對我們大吼大叫，反倒都是洪老闆的聲音。人家說投手出身的教練大多這樣，最會叫的是外野手或老球迷出身的；不知洪不郎他老爸怎麼回事？先是來送人參片，坐在司令台看我們練球，後來每一場球都到，從三壘外游走到一壘外，喊叫兼拍掌，像游擊手。

平常守備，我比洪不郎好太多，要是正式上場，我想也不會像他老漏接。我從來沒吃燉補，打擊力和洪不郎也差不多，但我總是當候補、代打。我也不是怨什麼，誰叫我不像潘金勇那樣會投變化球；不像毛書文打全壘打，我是「全能球員」，什麼都會一點，所以幫大家提茶壺、遞毛巾、「隨時準備上場」，也是應該的。我不能說洪不郎什麼，沒有他，我們現在恐怕還在空手接球，也不知人參是什麼味道。

有時候，我想，要是沒有徐教練和洪老闆，我們像從前一樣自己當裁判、自己玩，說不定也不錯；至少用輪流的，誰都有機會上場。其實誰打第幾棒，誰站什麼位置，沒有他們，我們也知道。

潘金勇是阿美族酋長的孫子，他投球最穩最直；毛書文住防空學校眷村，長得像黑人混血兒，但他說他老爸是浙江人，老媽是花蓮人；盜壘王邱煜基講客家話，住在鐵路局的日本式宿舍；老爸開茶室的林萬佶是我們的捕手，他蹲再久也不喊腿酸。

那時候，我們的球具也是洪不郎的，所以星期日早上，大家都要等他來；洪不郎不敢很跩，要不，我們早就不理他了。誰都難免家裡有事，遲到或不能來，也沒人說誰，人數湊齊了，我們就玩。

徐教練做人不錯，不會亂吼叫、罵我們；那時候他當我們的義務教練，大家都有進步，很開心。但是自從那次去花崗山當明禮隊的靶子隊獲勝後，我們就越來越覺得奇怪，洪老闆要徐教練把洪不郎調為捕手試試看，他就把林萬佶換下來，讓他試。洪不郎叫說手掌痛（他還不敢說潘金勇的球太強），徐教練又聽洪老闆的意思，讓他試投手，就這樣，洪不郎又從一壘手試到二壘手、游擊手、三壘手，整整試了一整圈，所以我們叫他「洪不郎」。

後來，我們聽家裡開茶室的林萬佶說，洪老闆包了我們這支球隊，徐教練每個月向他領薪水。洪老闆當選我們學校的家長會長，每次開家長會，都有人參茶喝；校長對他很有禮貌。

洪不郎的選球能力，怎麼輪也輪不到第一棒，他偏偏從第一棒打起，四、五、六棒強打也輪過。有一次跟壽豐打，七局下半，我們後攻，二比一，我們落後，二出局三在壘，輪第四棒洪不郎打擊。毛書文告訴教練要派我代打，洪老闆不說別人，反過來罵我：「有第四棒找人代打的嗎？你，去倒一杯茶給我。」

我們輸了那場球；洪不郎被活活三振。

大家默默收拾球具，不知該怎麼說，洪不郎拄著球棒，俟了半天，囁嚅說：「是我不好，不應該亂揮棒。」

說起來洪不郎也很可憐，在打擊位置，聽他老爸喊：「給他一支大支的！」徐教練給的暗號又是觸擊，而對方投手不斷牽制在壘者。他擺了姿勢，給這一折騰，哪還能專心？換了我，恐怕也是三振的命。

洪老闆卻說：「別講這麼多啦，輸球大家都有責任。一隊雜牌軍，什麼人都有，怎麼打球？」

徐教練聽得一愣，站起來，卻沒說什麼。

我們都是同班同學，為什麼說雜牌軍？從前，沒人管，也玩得好好的，散場以後有時間，我們常到處去家庭訪問，我們去潘金勇他祖母的藤屋吃番薯；到毛書文他家揉麵粉，做蔥油餅（他家有一大包的配給麵粉，聽說每個月由軍用卡車載來發）；也到過洪不郎他老爸的中藥房喝茶，擺在店裡給顧客喝的，苦苦、甜甜的，洪不郎說可以滋陰補肺，也不知什麼意思。

我們還去邱煜基家裡吃粄條，事先，盜壘王教我們講一句客家話，等熱騰騰的豆芽菜粄條湯麵端到小桌來，我們一個個說「按仔細」，樂得邱煜基他母親直笑，說我們「按些客氣」。連林萬佶的家我們也去訪問過，從他們茶室後面進去，看到幾個漂亮的小姐端著臉盆來來去去，到處都是腥腥的氣味；林萬佶跟他老媽要錢，請我們去大水溝邊吃花豆綿綿冰。怎說我們是雜牌軍？

也許，投手出身的徐教練口才不好，不知怎麼回應洪老闆；也許是給林萬佶說中了，雇員怎敢跟老闆應嘴；也許林萬佶是事後諸葛亮，放馬後炮，但他說得很準，我們的球隊不會那麼快解散。那天過後，校長來精神訓話，他要大家為學校榮譽發揮團結的精神，不要為小事情鬧不愉快，大家要團結才能爭取更大的成功，有機會代表地方、代表國家出外比賽。

人參茶裡不知還摻了什麼，徐教練真把我換上場當游擊手，讓洪不郎下來休息。

洪老闆的臉色真有夠難看，我接過洪不郎的手套，換他提茶壺；他老爸忽然大吼一聲：「這種球不用打了，我們回去，要打，讓他們自己打。看他有什麼本事。」

難怪洪老闆要生氣，洪不郎給排在第七棒打擊，近視眼也看得出他已不高興。洪不郎從沒站過外野守備，他老爸去也不讓他去，徐教練竟敢把他換下來，洪老闆怎麼受得了？

對方的士氣大振，在鐵欄裡亂吼亂叫，他們的第九棒也換代打，上來一個超級馬達的胖子，扛著球棒在打擊位置一直扭屁股。這傢伙真要上來揮大支的嗎？徐教練卻招手要我們縮小守備圈，他真的想對方會採觸擊，先占滿壘，一分一分把我們吃掉。

對方的教練是徐教練從前公賣局隊的外野手，也許徐教練早知道他很會叫，也知道他的戰術，派這個大傢伙上來代打，只是虛晃一招，想讓我們上當，把守備拉遠。徐教練才沒那麼笨！

我彎下半身，在一、二壘間擺動。平常練習，我的守備很少漏接的，我想好，要是胖子的觸擊球滾來，最好滾到我這裡，我穩穩接到，傳一壘，那就沒事了；要是一壘手衝出去，我就奔去補位，等接球；要是……球都不來，我不用接球，也不會漏接，這也不錯。

洪老闆是個懂得規則和戰術的人，而且，他猜得很準。

對方那胖子真狠，一棒把潘金勇的快速直球打得遠遠，比鴿子飛得還高；我們看著外野手奔去追它，那隻球遲遲不落下，好像要去禪寺的厝骨塔報到。

我們聽到洪老闆叫說：「看吧！看吧！不聽我講。」

我們真的「奧漬」了。四比六，沒有進入決賽。

徐教練也「奧漬」了。他在球賽後第三天，把洗淨摺齊的球衣還給洪不郎帶回去。又過一個禮拜，我們把全隊的球衣都交還學校，放進儲藏室，校長說：「等將來有機會再組隊為學校爭取榮譽。」等到什麼？等到再有個醫生或什麼老闆出錢出力，我們說不定已經畢業了。

棒球很硬，轉起來很奇怪，而且誰給沾上，怕是一輩子也忘不了；那些嗓門很大的老球迷是這樣，上場的球員和我這個提茶壺的更脫離不了。

我們這支雜軍牌還了球衣，忍不到一個月，又相約在禮拜天到操場玩球；儲藏室的老王認識我們，肯將全套球具外借。洪不郎仍然和我們一起輪流上場。他的膽子真大，還敢偷帶一包人參片出來，人參片太少，不夠分給大家含著生津解渴、滋補元氣；但是泡一壺茶也夠了。

不久，我們看到徐教練又騎著摩托車來操場遛狗，他說我們該學的都學了，他要再能教，都是我們不該學的。不知他說些什麼？反正，我們不穿球衣，玩得更開心，怕是那隻愛咬球的秋田狗，把我們的高飛球銜走，咬成一團抹布。這球是向學校借的，我們賠不起。

徐教練總在遠遠的溜滑梯附近兜圈子，靠近一點，過來喝一杯人參茶也不肯。

（本篇於二〇一三年選入九歌出版社《打擊線上——台灣棒球小說風雲》）

白玫瑰

客廳裡人來人往，走動的人沒誰約束也都這樣放輕腳步，怕驚擾了誰。美華穿一襲照相館租來的伴娘禮服，挺挺坐在淑玲的爸媽中間，她雙手輕輕壓伏白紗裙襬，兩指夾捏，將裙角再提起一些。在長條椅坐下時，才發覺白紗蓬得太誇張，像新娘服一般，她不敢低頭，低頭更像待嫁的新娘了；幾次抬頭，眼光卻無處放。

淑玲的媽媽新做了頭髮，藥水和髮膠混合的香味，一直在客廳裡飄浮不散。淑玲的老爸拉了幾次給領帶束綁的衣領，不敢放聲咳嗽。對面一排，靠牆坐著的，是她叔叔或舅舅，各抱著一個扮成花童的小男孩和小女孩，都抹粉點胭脂；女孩的兩道飛翹黑眉，畫得和那個不時在廳裡、廳外走動，輕聲和來客招呼、點收禮幛和賀金的婦人相同。花童似乎不耐久候，掙扎著要下來，都給他們的父親摟住，抖動膝頭，貼著他們耳朵說話；兩個花童臉臭臭，歪斜躺坐，黑鞋懸空比劃，還不甘心屈服。

美華一抬頭，兩個小鬼就眨眼逗她，美華只好將眼光移走。門內一邊擺著全新的二十八吋電視、洗衣機、烘乾機，和臥房用小冰箱，都貼了紅紙。門外簷下，淑玲的那部兜風五十摩托車，也給洗刷得新亮，沒看清是否也貼了紅紙，也是要當嫁粧一起送去的吧？

美華將雙腳併攏，縮回在白紗裙襬裡。淑玲的老爸還是憋忍著暗咳，從西裝口袋掏出一包菸，拆封了，在膝頭拍一拍，想想，又放回口袋。

神案前的亮漆方桌上，紅邊的相框裡放著淑玲的放大照片，也是同樣嶄新的神主牌，插在一疊厚厚的銀紙裡。淑玲要出嫁了，十六歲，算是早婚嗎？是淑玲的媽媽來要底片沖洗放大，就是出殯用的那張。全身照，人頭嫌小了些。

也不是刻意要幫淑玲拍照。那天，本想把在南灣潛水的底片先送去沖洗，拿了相機，才知道還有幾張沒拍完，順便帶去。淑玲新買的連身白裙，真好看。她的個性也太保守，嫌太短，自己又加了一尺蕾絲邊，加買一件五分白長褲襯裡。背景就在像飛機跑道一樣平直的戰備二路。淑玲笑起來一直都很甜，她微微傾身，雙手貼在腿上，落山風還是把蕾絲邊掀揚。

那天，從台北和台中趕來一群飆友會師，美華一連替她拍三張，把底片用完。那些人都說她好看，說載到這朵白玫瑰，福氣大，淑玲給逗笑，臉頰紅了一片。沖洗店的技術不夠好，照片放大後，模糊了。淑玲應該更好看些。

屋外一陣鞭炮響，淑玲的老爸站起身，順勢咳痰，含糊說道：「來了！」客廳裡的人全都站起來，兩個花童奔去門口探看。他們的父親，一個大步跨過門檻去點燃掛簷的喜炮；一個站到神案前，高聲問道：「相片跟神主牌誰捧？」美華走向前，淑玲的媽媽又坐下，手絹貼腮，哭了。

淑玲的小妹從屋內出來，伸手要捧照片，卻讓畫了飛翹黑眉的婦人一手按下，「讓他先進來，祖先還沒拜呢，淑玲慢一點起來。」回頭又對淑玲的媽媽說：「阿嫂，妳莫哭，淑玲早嫁早好命。妳站到前面這裡，等女婿來迎娶。」側身伏撐長條椅哭泣的淑玲媽媽，手絹亂搽，依命起立。美華給那婦人扳了肩，正面向門外。

潘威志的照片留著小平頭，生嫩嫩的還是個毛頭孩子，嘴角一抹淺笑；給一個五官和他相似，看來比他老氣的少年捧了進來。這張相，是他國中畢業照吧。

捧著他的神主牌的是張佑輯，尾隨在照片後，低頭進門，立在門邊。提牲醴、捧聘金的人挨擠著跨過門檻，頂了張佑輯的背；照片和神主牌同時跨向前，淑玲的老爸伸手去接。那畫了飛翹黑眉的婦人笑說：「還沒有，要先站好，」問清捧照片的是潘威志的弟弟，又說：「不能這樣，這不對，親小弟要捧阿兄的神主牌，照片給伴郎。一樣，淑卿捧阿姊，照片交給伴娘。丈人和丈母娘都站好了，這樣就對了。可以拜祖，現在開始。」

一大把香炷點燃，客廳內，蓬蓬煙。

煙霧熏人眼鼻，四個捧照片和神主牌的人都伸直了手臂，仰身迴避。那兩個花童在美華背後牽扯她的白紗裙襬，大人們忙著上香行禮，沒人管束他們；美華只好蹬鞋警示，兩個小孩也不理會。

掛簷的喜炮還沒炸完，聲響和煙霧彷彿可以浮人騰空。十六歲，算不算早婚？淑玲和威志都沒有驚慌神色。威志的追風一二五滑斜到車道外草叢內，手把脫離，扭向車尾；當美華趕到出事現場，摩托車已焦黑，兩輪車胎的火焰燒放黑煙，還沒有完全融化。芒草叢焚了一片也不過三五米寬就熄了，落山風沒助燃火勢，倒把灰燼吹得乾淨。

淑玲和威志在前方路旁，兩人的腳掌相碰，淑玲仰面，雙唇微張，眼睛是閉上的，要不是唇角的血漬，沾黏了芒草的灰燼，還是一張乾淨美麗的臉；威志俯臥，鼻尖和額頭沾土，飆友將他扶起，他的頭殼向後垂落。兩人的頸椎都已折斷，都在一剎那間無苦痛的離去吧。

那天的落山風也不特別強勁。落山風一直是讓人瞇眼，享受窒息般的快感；其實不用在摩托車後座，一襲連身白裙在這裡站立，一樣是好看的。淑玲的白裙在地上，仍是飄飄拂動，可惜，裙腳的蕾絲邊給弄髒了。

是誰有這浪漫美感，設計受邀在後座的女孩都要著一襲連身白裙。這人是天才，他懂得風和車的速度可以完成什麼樣的美，那些說後座加個人可以讓摩托車穩定些的人，實在辜負了設計人的美意。他們不懂。淑玲正式受邀上車前，美華帶她來戰備二路參觀過兩次，淑玲靜靜的聽，她的唇角總是帶笑。

「我們不要和人家撿鑰匙，那是賭運氣，我覺得沒意思。那騎士要讓我看上眼，我才願意上車，」美華記得這樣告訴過她：「也不要讓他們以為我們是來分獎金的；會給他們看輕。」

威志，該是淑玲看得上眼。她一直喜歡男孩長一口好牙，要健談、風趣，威志的娃娃臉是個缺點；其實美華看來他們是相配的一對。

淑玲的照片和神主牌上車後，美華將扇子拋出車窗，淑玲的媽媽終於嚎啕大哭，美華捧著照片靠窗坐，她聽見畫了飛翹黑眉的婦人說：「阿嫂，妳莫哭，淑玲會走不開腳，古早人十六歲出嫁的也很多，伊三十二歲就可以當阿嬤了。」

捧著威志照片的張佑輯，在前座，持了一根香，將排炮一個、一個點燃，擲出去。他回頭，說道：「這樣也滿好，很熱鬧。」

兩個捧神主牌的人，怔了一下，相互對看，不知怎麼回答。佑輯將眼神盯住美華，她也不想閃躲，捧直照片，「多放些鞭炮。那兩個花童沒跟上車，要不更熱鬧。」

「好呀，那我們開回去，把他們載來，他們牽白紗還沒牽過癮咧。」

「再回去，你要讓淑玲的老媽哭死？」

佑輯笑起來，不知想到什麼，竟越笑越響亮，笑得相框擈在腿上，抓也抓不穩。捧神主牌的人，跟他笑了一聲，又趕緊剎住。聽他對美華說：「後天還有一場大會師，有三芝跟新莊來的，聽說，有幾個白玫瑰很正點，妳要不要再跟我去和她們拚一拚？」

「怎麼愛這樣？」淑玲的小妹嘀咕道，語音輕細，側臉看了美華一眼，等看她怎麼回答。

「什麼時間？」美華仰臉，將頭髮往後甩，說：「你那鞭炮怎麼不放了？」

「不行，還要留幾個，威志到家再放。」

佑輯說話，總是這樣斬截，沒得商量似的，仰著下巴，旁若無人。看多了那些扭捏結巴的男生，美華覺得他可愛。

戰備二路有一段五公里路面，沒一處彎曲，沒一根電線桿，低矮的文珠蘭和草海桐蔓延向海灘。摩托車隊聚集在起點路口的大礁岩邊，幾十部重機車都朝北擺著。

台中、彰化來的騎士，穿著整齊，緊身衣褲，配高筒鞋，外加手套；不過在色彩上還沒三芝、新莊來的花俏、鮮豔。張佑輯他們這一批在地騎士，顯得土氣，運動服、白襯衫，還有穿拖鞋也來飆車的。

騎士們蹲著檢修摩托車，擦拭車身，談新車型、改裝和轉手售價。排氣管噗噗響，白煙飛揚，彷彿在燃放鞭炮一般喜氣。白玫瑰們成群在褐黑的礁岩下站立，仰頭觀看灰面鷲在半空盤旋，有人說：「牠們真的是從中國北方來的嗎？」沒人回答。「看牠們飛得好自在，不知上面的風，大不大？」

沒人回答，也不是因為生疏，白玫瑰們雖然四處來，大家還是覺得親近；

不是那種聒譟的親，是很自在的彼此欣賞。誰也不問誰讀什麼學校，家住哪裡，做什麼的，大家只談速度、時間和白衫的款式，都是懂得美的人。

美華第一次扮白玫瑰，回來後找淑玲說。淑玲怯怯的問：「妳在機車上面怕不怕？那風大不大？」

「機車開動後就不怕了。風大才過癮。我們搶了第二，她們在後面，都說我的白裙飛得很好看，可惜我沒抱緊，沒有一體感。」

「妳認識騎車的人嗎？」

「不認識才好，看得順眼就可以上了，看得順眼就是美嘛。」

「聽說有獎金平分？」

「第二名沒有，只有第一名。誰在乎獎金？又沒多少錢，有人從台北下來，油錢都不夠。這是榮譽、過癮和美，妳知道嗎？我想妳一定會喜歡。」

那個「第一次」的人，長什麼面孔，竟也想不起來，那戰馬一二五馬力充沛，瞬間起動，一下子便超過時速一百公里，那個人伏下身體。只記得他說：「抱緊，用力抱緊！」車聲、風聲在耳畔，其他都遠拋在後。

這之前，已見過佑輯一面，但美華偏是不上他的車，而佑輯也沒過來邀她。「多傲的人，以為女孩會自動黏過去，我不是，別作夢！」美華對淑玲說：「讓他們乖乖來邀請，我們這朵白玫瑰有刺的。」說得淑玲笑不止。

在南灣潛水時見到佑輯。美華一身水淋淋的上岸，老覺得有人盯著她看，回看一眼，嚇了一跳，這個人多像《大兵日記》裡的刀疤班長，端正的五官像，那不畏人的眼神更像，他也有一塊燙傷的皺疤在腮邊。上身的肌肉練得結實，窄窄的褲腰繡了他的名字，用黃線在黑褲上繡得那麼大，那麼清楚；美華忍不住笑起來。

「打知名度也不必這樣。」

佑輯晃蕩的走路，想搭訕也不靠近一點，就在十步外的珊瑚礁坐下。夕陽將落，南灣的金黃波光刺眼，他睜著大眼面向大海，不知問誰，「妳看過小丑魚了嗎？頭上綁白布條，繫白腰帶，在紅海扇裡鑽來鑽去。」

四周再也無人，美華偏不回答。兩人遙遙靜坐一會，佑輯回頭，美華也轉後看，路坎上停一部重型摩托車，給波光照得閃亮，「是你的？你也學人家玩飆車。」「王牌一三五，二十二馬力。這裡有飆車是我帶頭，他們學我。妳為什麼來學潛水？」

美華把頭頂的潛望鏡摘下，梳散頭髮，看著細碎的珊瑚沙問他：「你怎麼有錢玩車？……看你臉上有塊疤。」

「吃紅來的，我老爸拿我去當人頭，他飆股票。妳的潛水裝備是租的？」

「吃紅來的，我當我姨父的播音員，他競選議員。你那塊疤給燙的？」

「好看嗎？」

橙紅的夕陽把雲塊鑲金邊，半隱在雲後，海波上只剩一道迴光，從沙灘直向海涯的光跑道。美華起身，要走。佑輯說：「車摔倒，給排氣管燙爛，」他舉起右手，「當場斷成兩截，這樣晃。戰備二路的飆車族都來攙師傅，在醫院躺一個禮拜，不敢住下去，那間病房差一點給他們擠破。好看嗎？」

「我今天來晚了，海底光線暗，沒看到小丑魚。你現在還玩嗎？」

「不知妳穿白長裙什麼樣，不是所有白玫瑰都好看。妳應該有膽量來試試。」

也沒請問芳名，也不等人，就那樣自己上路坎，穿著黑短褲騎他的王牌一三五走了。這種人！

飆友們在左臂繫綁白布巾；紫紅絲帶的別針是美華帶來，白玫瑰們相互別在胸前。淑玲和威志出殯那天，他們騎車來送行，被兩家人咒罵驅趕，不能如願。在戰備二路，總無人再來干涉，以一場配戴白巾和紅絲帶的北、中、南飆友大會師祝賀他們完婚，淑玲和威志該會歡喜。

美華仍然接受佑輯邀請，上他的王牌一三五，二十二馬力。

一個新飆友，不知哪裡來的，配備齊全，騎鈴木戰馬一五〇，居然頭戴安全帽。被人一陣譏訕，只好摘下來，甩到路旁去。安全帽往大礁岩滾去，一個白玫瑰閃躲不及，給砸到腳尖，大家起鬨：「你們有緣，你要邀請她。」新飆友挺上路，脹紅著一張臉，走過去邀請，那白玫瑰一腳把安全帽踢開，真就跟他上車。湊熱鬧的觀眾會在起點圍觀，他們的神情比較輕鬆，不像守在終點的那些下注的人。不知誰帶頭，這些湊熱鬧的觀眾跟著笑。

第一批十二輛機車，在起跑線就位，白玫瑰們紛紛上前，跨腿夾緊後座。

美華聽見有人喚她，「美華，妳給我下來，這樣像什麼！」

氣喘吁吁的婦人穿過人牆，向起跑線奔來——是美華那彷如未婚小姐的媽媽。她給落山風和排氣管煙霧掃退一步，又繼續俯身前進，新燙的頭髮全給扯散，在煙茫茫的起跑線後，給同一式的白玫瑰弄得迷糊，直到確定那個不回頭的女孩便是美華，她伸手蠻力扳她的肩。

美華終於摟緊佑輯的腰，摟得死緊，佑輯握住把手，隨她前後搖擺，排氣管仍奮力噴煙。

「美華，這條路會買收人的命，敢說妳不知？那個淑玲已沒命，妳怎麼還要這樣，美華！」美華的媽換了扯她手臂，掐她腕肉，仍是不動，「美華，妳跟我回去呀。」

美華臉頰貼緊佑輯後背，看到他頰上的那塊燙疤，她直直看著，雙腿夾住後座，說：「我們走吧！」

美華的媽雙手去拉後座橫桿，整個身子往後仰，忽然跪蹲下來，「美華，妳為什麼要這樣呢？」

白玫瑰們看得無趣，紛紛把臉撇開，越過騎士的肩頭，往前看。其他人都不開口，美華對那個持著黑方格旗的男子喊道：「發令呀，走吧！」

佑輯沒等方格旗揮下，率先轉加油門，前輪仰了一下，衝出去。一排熱機飽足的飆車手隨即啟動，原本如喜炮響炸的排氣聲，該是齊整換轉成悠揚的一聲「嗯——」，給美華的媽一攪和，全都亂了。

風很美，景模糊，美華將髮束解下，讓長髮和白裙一齊飛揚。佑輯催速，俯下身子。模糊的景色於是給打橫，美華睜著眼睛，眨也不眨，問他：「你的最佳紀錄多少？」

「三分二十九秒。真巧，去年青年節創下的。那時候，妳還在學校吧。妳怎麼不跟她回家？」

「今天，你想不想再創紀錄？」

「坐好。」

車速行到高限，車身更平穩，風的感覺也是這樣，在此時已順暢無阻，而人身靜止，輕巧浮騰。

美華記得，給人刮過兩次耳光，那響脆的一剎那後，她覺得也是這樣輕巧浮騰。國三導師傳她到辦公室，辦公室裡人聲沸騰，數學老師將她的模擬考卷從最底層抽出來，看也沒看交給導師。

「妳為什麼交空白卷？妳要什麼性格！」福泰的導師每天都畫綠眼線，一直拉尖著嗓子說話，「妳知不知道，全班的分數都被妳拉下去了，我已經告訴過妳兩次，有什麼不懂，可以問同學、問老師，自己要想辦法去加強，妳又這樣！」越過導師的蓬蓬頭，看數學老師端茶杯站起來，他高聲問一群聚攏的老師：

「今天怎麼樣？」

「長紅，可以考慮脫手了。」

辦公室內喜氣洋洋。

「我都不懂。」

「不懂才要學呀。這麼簡單的題目也不懂，我看妳連考保育科都沒分！我看妳這個腦筋有問題，一題都不會做？只會寫個名字，把名字寫得這麼好看，」辦公室內揚起笑聲，數學老師叫嚷著收會錢。導師的手在玻璃墊啪一聲，「妳不知上進，我可要臉，每次班際排名排在後面，是誰拖累的，妳自己說。在教室帶頭跳霹靂舞，以為我不知道。」

「不是我帶頭。」

「妳再辯！妳眼睛看哪裡？光知道愛漂亮，整天梳頭髮、變花樣，怎麼不照顧頭腦？女孩子光知道漂亮，將來想做什麼？」

「不能這樣說，我又沒怎麼樣！」

「學男生耍性格，我看妳是完蛋了，白長得這樣乾乾淨淨。妳為什麼交空白卷？」

「我又沒怎樣，我一題都看不懂。」

那巴掌來得飛快。辦公室裡談笑依舊。臉皮沒有感覺，是齒齦痛麻，側臉看見牆頂懸掛的彩色照片，那長者帶著微笑的臉，但因髮絲遮掩不是看得很清楚。辦公室外的檳榔樹群，給窗框分格得更像柵欄，操場上風沙滾滾，和室內不相干。

人家說酸澀的眼皮不能隨便眨動，會掉淚。

一部改裝了把手，拆卸掉車燈的野狼一三五，緩緩靠近，緩緩在超前。佑輯俯身更低，幾乎已貼著油箱，美華抓住他的皮帶。野狼一三五上的白玫瑰張嘴大笑，抖動的白裙後有兩條長線，是她鬆脫的腰帶，浮動像南灣優雅的浪頭。美華向她示意，那好看的白玫瑰收了笑容，索性將眼睛閉上，摟緊她的騎士，像一頭找到好窩的波斯貓。

佑輯說：「前輪有點奇怪！妳要抱緊。」

野狼一三五已超越半個車身，車煙螺旋上揚。佑輯的把手微微晃了一下，他說：「不要給甩出去了，伴娘，刺激的來了。」

「這樣才夠刺激嗎？你給我說清楚！」媽媽將打火機和煙灰缸掃下桌，人站著。爸爸拿起電話又放下，說：「你可以自己去問陳律師，他最清楚我跟她的關係，我們沒什麼嘛。」

小學四年級，爸媽結婚十週年紀念日那天晚上，事情終於吵開。對方是陳律師的助理小姐，和小姨同學，在小姨的慶生會見過一次。一個氣質高雅的女人，後來才知道她離過婚，兩個小孩都給了大家。

爸爸在那天給了生平第一個耳光。

就是現在看來，他仍是英挺瀟灑，總是梳理得一頭油香的髮，建築商卻像個銀行經理，指甲平整，無一絲汙垢。說是車後座給媽媽找到一支口紅，和張小姐一邊耳環，媽媽在小姨那裡套出失物的主人；而在這之前，每晚爸爸總推說疲倦，一個人走了樣。染了病，身體不乾淨也不早說，那樣弄得不明不白。這些話，在他們離婚之後，媽媽全說出來。

那天晚上直吵到半夜，鄰居也悶聲不理。和姊姊兩人關在房間，聽他們從客廳鬧到樓上，聽到媽媽淒厲叫喊時，已見媽媽的頭髮給抓著往門外拖。

一個英挺瀟灑的人也會這樣。

奔過去拉回媽媽的腳，連人也給拖出去，撲去咬爸爸的手，手鬆了；沒想到那巴掌來得那樣飛快。臉頰不痛，也不知什麼叫心痛，看著門外漆黯的夜，什麼也看不見。

兩個女兒，爸爸都不要。小鎮小，一年總有幾次不期而遇，他還是梳理得一頭油香的髮。而越來越年輕的媽媽最樂意聽到的話是：「跟妳的女兒像姊妹一樣。」

她換過的男朋友，一個是六合彩組頭，一個做期貨，一個當民意代表，都沒有正式。有一個還要人叫他「哥哥」，誰開得了口？媽媽生氣，幾天不說話。

他們都不好看，當然也不知車和風的速度可以完成什麼樣的美。也許淑玲也來不及知道，她第一次扮白玫瑰，太興奮或太緊張，沒有仔細體會，她不知；但她終究是嫁人了。十六歲算不算早婚呢？

佑輯低沉叫道：「抱緊！前輪壞了。看我們的！」

車後的騎士該會聽到這句話，不知風會不會把它的尾音拖得柔軟，或許根本漫天竄地早給打散了。

終點高舉的黑白方格旗已在望，旗布抖動招引。能在三分二十九秒之前抵達嗎？

佑輯沒再說話。把手晃搖歪扭，王牌一三五，二十二匹馬力，落山風浮托不起。五節芒的花絮，襯著山綠和海藍都好看，正看，打橫了看，都行；其實白玫瑰們的胸前也不一定要紮紅絲帶的別針，紫色不也很好嗎？不要把喜炮聽成噪耳，縱然它掩蓋交談，有時也攪亂談興，或嚇著了小孩；不過放大嗓門還是無礙的，或就算安靜一下，又有什麼不好？

下次，一定要請人拍一張白裙飛揚的照片，記得請他不要用傻瓜相機，它捕捉不了這個速度。美華眨眼，卻沒有眼淚下來，大概，是給風吹乾了。

（本篇英譯刊於*THE CHINESE PEN* No.98）

相思月娘

母親想去金門，這些年來已經說過許多回。

金門還沒有開放觀光之前，中志曾有幾次機會受軍方接待，隨藝文團體去參訪，次數多了也不是那麼來勁。幾次行程大同小異，木麻黃夾道的水泥路，看砲操、馬山喊話站、擎天廳的花崗岩洞、爬太武山、聽賈廠長促銷純正的陳年高粱、到王家古厝看廳堂裡的大石頭。戰地風貌，有別於台灣的繁華雜亂，軍管地區的民風人情，還是有些可以看的；但什麼所在經得訪客一年走上三兩回？訪客終是訪客，新鮮勁總不長久。

後來的幾次機會，中志想放棄。下班後，繞到隔兩街的母親家，閒聊提起，母親倒又都說，出外走走也好，不要違了人家的好意，金門那所在，不知變了多少呢？

母親受過日本小學教育，是彰化女高畢業的，說話的神態和語氣，卻幾乎是日本女人的風味。中志自小聽慣，卻還是分不清對於去金門的事，母親是禮貌的尊重或多少真心的鼓勵。因為這樣，中志又去了金門幾次。

母親固定禮拜六下午到他家來過夜，極少變動。中志在事後想來，才記起他每次要去金門前一夜，母親總破例過來坐坐，也是那樣的神態和語氣，讓中志無從察覺異樣。她微笑著，問起行李是否準備好？出版社的業務有沒有需要交代？要不要明天一早撥電話來叫醒？即使母親有一回說起，要是能到金門看看，那也是很有趣的事呢！中志聽得愛笑，直直就說，是人家特定邀請的，不是想去就能去。其實，金門也沒多少稀罕，真想去，說不定哪天也會開放。

中志當作是過度寂寞的母親走來閒聊，隨口說些想像。所以母親問到太武山上的石勒，自山頂望海峽的可能，中志也以為她偶爾一個人去看電影，從國歌影片看來的話題，是沒到過金門，對金門的典型印象。

每次從金門回來，中志隔幾天帶一盒貢糖給母親，留兩瓶陳年高粱給父親。母親又什麼也沒問起，像接受客人禮物，說，那也這麼工夫？含笑收下，微微傾身。

母親的寂寞，可能和她時有往來的女高同學也不知道，父親在她親友的面前，總是表現得殷勤得體。他們夫妻同年同月同日生，去年做六十大壽，母親的老同學給父親招來十幾個，她們趁興起鬨，還說要推舉他們是模範夫妻，詳問戶籍所在地，要去找哪個單位報名。

同年夫妻，母親也不顯老。她的優雅隨歲月更有風韻，比起每週染髮，應該是老年紳士派頭，卻不時換穿帥哥T恤的父親，母親是更得體。

父親的身材刻意保養得極好，他小飲烈酒，不喝啤酒，品味之外他是怕有個啤酒肚。父親年少時的英俊瀟灑，母親是提過一兩回，那也是看中志盛裝作客，脫口讚美的，其餘都是父親自己說。母親向來不提父親風流韻事，偶爾的流言，父親當作講別人閒話。在中志和兩個小弟成年後的這十多年，父子們難得對飲，有時小酌，父親不顧母親在旁走前走後，一樁樁說來，漏了些中志另外知道的，都讓人分不清乙丙丁。

母親受過的教育，讓她如此優雅而懂得服侍丈夫，是否也教她顧全雙方面子，吞忍父親的粗暴和對家庭不負責，並掩飾她的寂寞與悲情。

父親在家鄉的地政事務所工作一段時日，中志在成年之後，陪母親回鄉掃墓，陸續才知道父親愛穿白西裝，是他離開事務所，炒作土地也變賣祖產後的事。而父親的粗暴，在這之前就知道的，父親的惡言和毆打，因為母親的吞忍，從來沒有大場面，母親在事後絕口不向孩子提及；但三十多年事件的累積，母親看似不動聲色，中志卻難以忘懷。

　　中志來台北，先做房地產，人手忙不過來，再把小弟引來幫忙。父親對他們的買賣，不曾過問，也許真有那麼些遺傳，一路做事都極順手。兄弟成家，分住敦化南路一幢公寓二、三、四樓，將母親和父親接到台北，五樓的屋主有意頂讓，父親也沒意見，母親卻執意她看中的兩街外房子，還高在九層樓的頂樓。她的神態和語氣溫婉，說，這棟樓有中庭花園，上陽台也許可以種花、種菜。無人能說得過她。

　　父親的風流是沒有地域限制的，中志當時想切斷他和情婦們的往來，沒料到父親到台北更有發展，也沒料到年紀漸老的人，也還會起腳動手。中志會在下班後，不時到母親的住樓找她聊聊，因為母親曾連著兩禮拜沒到敦化南路，去看她時，母親眼眶的烏青還沒消散！

　　向母親提議和父親離婚的話，當兒女的實在不該出口；但是三兄弟聯合還在淡江念國貿的妹妹，無異議地也說了。母親含笑聽著，雙手疊在膝上，沉默地看著兒女們，深呼吸說，人總是有情分的，歐多桑是有情的人，你們小時候生病發燒，伊再忙碌，夜再深，也會騎腳踏車載你們去敲醫生的門。伊的人緣好，各種朋友會自己找上來，伊還是有心放在這個家庭。

母親從來不說父親的惡質，不提自己的苦愁，她守在離兒子不遠不近的樓層頂，意外發現了什麼，大抵只是慌張，旁的都包裝起來；但，這又為什麼？不能不相信，優雅的人固執起來是可怕的。

母親到金門觀光的想像，沒想到這麼快就實現。金門解除戒嚴的報導，不大不小，新聞主要放在未來權利移轉的熱烈競選。母親的金門之旅，讓中志第一次感到異樣，她居然打聽了前去金門的所有手續，雖然她說有個老同學在旅行社，所有事由她代勞；但她說，陪歐加桑走一趟好嗎的神態，近乎堅決，讓中志對母親謎樣的迫切，感到不安。

能到金門走走，也是一件有趣的事，她說，也不是任何當兵的人，都有機會到金門的呢。

母親的迫切有著欣喜，彷彿是個回鄉的人。對於這樣的心情，中志不忍多問，想自己出版社即將出版一本叫座的好書；即將談妥的一筆房地產買賣，那種心情，也是不容旁人多問的，難以說上來，說上來似乎又要減損幾分的。

至少是前三批到金門觀光的旅客，機艙內的氣氛，很有結伴出遊的味道。戴草帽、穿短褲的旅客們，不安分地走動，幾十分鐘航程也坐不住。

母親靠窗，不時貼窗探看，喜孜孜地模樣，看有幾分少女的嬌羞，因為開心，話題便跳動得厲害。

太武山，應該不是太高的山頭吧。山上的相思樹種得多嗎？說是管區附近的山腰，有一間視野很好的寺廟。在太武山，可以聽見浪潮的聲響嗎？

母親的語調從來沒有急促過，問這些話，更是輕柔，不一定要人回答的，說給自己聽。中志愣了一下，母親對金門的認識，不是泛旅遊式的，總有人對她做過這些細微的描述，旅遊手冊上不會記載這些。

歐加桑知道得不少，中志這樣反問，而母親搖頭。

模糊的印象裡，太武山應該有些相思樹，都是不長紅豆的台灣相思，而倒是黑松和高大的白楊搶眼些。寺廟是有的，前年去的時候，住著兩個剃髮服役的年輕和尚，老住持已經不在了，記得沒錯，應該叫海印寺。至於附近有沒有軍營？這又不確定，金門到處看到軍車和軍人走動，營區反又掩飾得認不出。

母親靜靜聽著，一等他說完，突然轉了話題。

母親和若蘭的婆媳關係，無疑更像母女，驕橫的若蘭，每週末和母親談話，也得輕聲細語，但她怎麼學不會呢？鎮日疑神疑鬼，找碴就要鬧一頓。有一次和一群文友到靈鷲山參訪剃度大典，停了兩夜，從山上打電話回去，若蘭還不知想些什麼，電話裡就說，誰知道你去哪裡？現在就回來，要不就不要回來了。真是豈有此理。

母親對於若蘭和他的婚姻，也許知道不少，但她從來沒多說兩句，不多問。即使中志偶爾到母親家探望，閒談說起，母親也不接話，頂多一句：夫妻一場，總有情分。

母親突然說，你的人緣好，各種朋友都會找上來，你的女人緣，是要注意的。和出版社往來的女人，想法比較新；但有些舊的想法，有時也要守住。

若蘭總是記得一件事……母親側轉半身說，在你當兵之前，你們就結識了，伊記得一件事，永遠不忘。記得你當兵時，翻刺網圍牆出來赴伊約會，一身衣服破了十幾孔，血漬滲出來，你脫衣讓她敷藥時，伊禁不住要哭。守著你的心意也是彼時下定的。

母親說這話，真露出了少女的嬌羞。

中志著實一驚！這事早已淡忘，若蘭卻記得這般真確？母親信口說來，也許她聽過一回，牢牢記住；也許母女般的婆媳，悄悄談心，說過幾次了。只是他懵懂不知，遺忘多時了。

幾十分鐘的航程，給這樣的說話，弄得心生波瀾。中志有些醒轉過來，母親謎樣的金門之旅，中志提高警覺；但愈想愈迷惑。

勞動母親的老同學安排的住宿，行程卻給母親搗亂了。

安頓好行李，母親即刻便動身，招來一部計程車，直驅太武山，也不管中志熟識的吳上校代為接洽的幾處難得景點。她婉拒了吳上校熱誠隨行，不管吳上校說，黃昏上太武山，時間晚了些，路好走；但是看不到風景。母親含笑致意，堅持上山。

她說，路好走便行，今晚該是有月娘。

司機眼尖而且好意，特地將車子在金門景點繞了一大圈，母親卻無心多看。在王家古厝整修的民俗館前，母親也不肯下車，察覺了司機的意思，反倒要他直驅山腳入口。

父親曾在金門服役，是在太武山山腳，經母親提及，中志才猛然想起的。對於父親的種種過往，中志有意無意都要忘掉，在這裡服役的事，父親是說過的，大概只有一次。

母親向司機問清了路線，要車子在山腳等候，只要中志和她，母子兩人在靜謐的黃昏登山。

是山路陡長，走得氣喘。母親的腳步不輸中志，中志放慢了，母親甚至超前；初秋的太武山黃昏，有清涼山風，無旁餘閒人走動。在鄭成功奕棋的石洞階梯下，母親氣喘，微笑不在了，她從手提包掏出一封信，交給中志。

泛黃的信封貼著莒光樓郵票，平整的封口是剪刀剪的。這是歐多桑在金門當兵寄給我的，母親說，掏出來時要小心，裡面夾有一張相片。

輕薄得近乎透明的信紙，因為泛黃得厲害，竟像蜻蜓的翅膀，似乎稍一不慎，就會撕裂。鋼筆字跡透過薄紙，幾處給筆尖刺破，黑漬斑斑。中志謹慎抽信，還是忘了交代，讓夾著的相片飄落在石階上。

身著憲兵服的青年，在照相館正正式式擺了半側的立影。是年輕時代的歐多桑？中志將相片撿起來，拍掉紙背沾黏的青苔，這一拍，卻畫了一道寬寬的綠線。

這時已經和歐加桑結婚了嗎？

還沒有呢，認識半年又十天，歐多桑就來當兵了。

時常寫信給妳？是要給我看這封信？

只是一首詩。歐多桑曾是個有情的人，有情的人寫詩文，每一字、每一句都教人難忘。這是歐多桑到金門寫給我的第一封信，沒想到是這麼好一首詩。算算也保存四十年了。

母親說，歐多桑大概忘了這首詩，伊是忙碌的人。帶來這封詩文的信，你可以看看，主要是給我自己看的。

母親氣喘未停，張口微笑，竟像啜泣。詩文後簽署是在這太武山，有著相思樹和月娘的所在。這麼多年來，我時時都想知悉歐多桑昔時的心情，那是什麼款的月夜，給伊寫這麼好的詩呢。

月娘在相思樹的暗影頂
浮動的暗影想起妳一人

是拍岸的海湧聲
還是風吹樹影代替我
聲聲叫著妳的名
相思相思只有我知影

欣羨月娘光光無界線
照東照西無阻礙

妳在東邊我在西
月娘倘也不倘代替我
我的鍾情獻給伊一人
相思相思只有伊知影

是歐多桑親筆寫的詩文？中志展紙細看。年少的歐多桑筆跡生嫩，詩文卻有生嫩的真純，說它好，也只有當事人加倍疼惜，旁人另有想法也說不定。這手筆出自父親，在中志的理智是不可置信的。這樣一個對兒女無可無不可，對妻子粗暴不負責的人，也會有這樣溫柔的浪漫，在那警戒森嚴的時期？或許誰替他代筆，或從何處抄來的吧。

是這首詩，讓歐加桑動心？

母親說，我們再到那廟寺邊的營區看看。說是在半山腰，可以看見月光在海峽的波浪頂，直直照向我們的故鄉彰化。

太武山的花崗岩間，果然有著葉片細長的成群相思樹，樹相高瘦，枝葉繁茂。中志前幾次來金門，沒特別留神，可能是枝葉過於繁茂的緣故。

當兵時，攀越刺網圍牆赴若蘭的約，刮破衫褲和皮肉，其實並不疼痛，若蘭卻嚇壞了，一逕發抖和掉淚。那一身嚇人模樣，兩人不敢上醫院，若蘭買來藥水、藥膏，兩人也不敢到旅館，找得無處去，也是找了一片枝葉茂密的樹林，不知什麼樣的樹。

黃昏的林間，有斜照的夕陽，樹下青草軟軟，亮麗卻乾爽。只有脫卸衣物才能上藥了。若蘭一直將臉半側著，不敢正視中志脫衣，中志脫得只剩一條草綠短褲，斜靠在樹幹，讓若蘭上藥。若蘭手腳慌亂，側著臉，胡亂塗抹，反倒把中志搔癢，笑了起來。她兩手發抖，緊抿嘴唇，說了一句，你當兵，怎麼皮膚還這麼白？

初吻是給若蘭的，兩人都毫無章法。中志弄濕了褲子，兩人不知怎麼辦，傻傻地笑。那個綠蔭林間，在關東橋附近，哪一天也許跟若蘭再去找一找，林木比人的變化少，應該還在的。中志想：若蘭的生日不遠了，就選那一天吧。

從金門回來的第三天，母親親筆寫了離婚協議書。不知所以的父親拿了紙張來敦化南路找中志。這是他第一次對兒女低聲說話，他仍舊穿著白色西裝，只是有些縐了。都老夫老妻了，頭殼壞去才這樣！父親看中志的兩個弟弟不說話，急了，一時又罵不出口，將紙張摔在沙發上，紙張飄落到茶几底。中志沒去撿它，是若蘭撿起來的。

若蘭說，讓我去和歐加桑談一談，歐多桑先不要生氣。中志說，我沒有意見，看歐加桑的意思。父親氣得瞪中志一眼，轉身就走！

若蘭掐中志的手臂，罵，你不會講話就不要講，這事讓我來嘛。

母親優雅的神態和語氣，在遞交協議書時，該是雙手奉上的。他知道母親語氣，是最溫婉的堅定，她想得很仔細，想了四十年、三十年、二十年了。中志想到這裡，看若蘭奔去攔阻父親，竟打了個哆嗦。若是有一天，換成驚收協議書的是自己，母親肯為此向若蘭說情？她們母女般的情感，必有一些共同想法的。

就像金門之旅一樣，母親都安排妥當了才說出口的。她在第四天雇了一部車，將自己的東西搬走，搬去金門街。

那天在太武山半山腰，找著了軍營和附近的海印寺。依山而築的海印寺，仍是那個剃髮阿兵哥的小和尚守著，另一個在半年前退伍了。

母親扶階而上，在海印寺各處走走。落單的小和尚把偌大一所寺廟整理得極清靜，花草都修剪過。母親上香，添了香火，在靠近香爐的迴廊坐下，眺望遠景；小和尚知禮，端來兩杯熱茶，茶煙裊裊，和旁邊香爐的炷香交揉。

母親端著茶杯，沒喝，說，歐多桑給我的信，想是在這海印寺寫的，他說有位老住持，怎麼換來年少的和尚？啊，歲月是這樣過去的。老住持待歐多桑很好，讓他來寺廟看書寫字。給我的信，在這迴廊寫的也說不定。

母親掏出那封詩文的信，小心的，像捧出一對蜻蜓的薄翼。她將歐多桑年少英挺的相片交給中志，再雙手捧著信封和詩文，開懷大笑起來。

母親的笑如此朗朗，這是中志第一次見到。夕陽已落，寶藍色的天際潔淨無比，一輪蛋白色的圓月已隱隱若現。母親的笑，引來小和尚，他不明就裡，也跟著綻露歡喜。

中志是驚喜而駭怕的，他退在石柱邊，看著母親捧信到香爐正前，對著寺外的滿月和成片的相思樹暗影，一拜，將整封信在香爐邊的紅燭點燃。

母親說，還願。

信封和詩文接繼燃起，霎時火光熊熊，母親以手指拈著，高舉在香柱頂上，直到火焰觸著她的手，才放下。燒透的那張詩文，縮成墨黑薄片，不禁風吹，落入爐內，捲飛上天。

太武山的夜色，有月娘照路，水泥路迤邐如一條河，盤往山下。這款的美麗，也是沒話說的。

（本篇英譯刊於*THE CHINESE PEN* No.93。二〇〇三年選入九歌出版社《中華現代文學大系（貳）》小說卷）

屏東姑丈

陳秋耘貼在衣櫥門後，對鏡打領帶，他拆拆結結了好幾回，偏是打不出雜誌示範的那個標準式樣。

前不久，他在一本新發行的男性雜誌，看到一篇結領帶花樣的文章，連圖帶解說，滿滿登了四頁：說領帶要長過肚臍下三公分，結得凹兩個小渦，才叫瀟灑性感。他看得發笑，誰編造出來的這麼大學問？

笑歸笑，從此對鏡總要試上幾回，領帶在脖頸纏繞拉扯，磨得渾身燥癢；長度合標準了，兩個小渦卻瘦瘪瘪得嫌深，像鸚哥嘴；鬆綁了重來，卻又摳得一深一淺，歪斜著，像給誰刮了一掌；領結摳得起縐，索性整條拆解，再纏繞拉扯一次，還真不容易。領結的兩小渦深淺合宜了，領帶卻龜縮在褲腰上，像人縮著脖子傻笑。

妻子淑惠穿戴整齊，早在客廳坐候。

「難怪姑丈老是罵潘國政不務正業，自己的老爸給抓走了還這樣無要無緊。要他來台北一起去土城看守所一趟，他居然說只能撥出一天時間，屏東還有事等他。什麼事？七個瘋子要從小琉球游泳回東港，游泳吔你知道嗎？他跟人家湊一擔，當要事來辦。蚯蚓，這你不要讓姑丈知道，記不記得？」

「我不會說，」陳秋耘另換一條領帶，對鏡翹下巴，雙手忙著，「別講這麼難聽，他有他的興趣，鍛鍊身體也不是什麼壞事。」

「他讓姑丈太失望了，罵他不務正業也是應該的。養鰻魚才賺兩個錢，就敢雇專人料理，天天跑去跟人家晨泳會、晚泳會，浸在水裡不知天地。他說十點在重慶北路交流道跟我們會合，屏東到台北，他到得了嗎？」淑惠突然又揚聲問道：「你在裡面忙什麼？半小時了還不出來。」

「潘國治呢？我們去接他，還是他自己來？」

潘國治租住在淡水那幢老房子七、八年了，離他們天母也不算遠，卻極少來走動，又不裝電話，找他還得透過中山北路底那新成立的藝術家聯誼中心；他們搞藝術的人是有一套不同想法。昨晚，陳秋耘和國外客戶在福華談生意，國治來聯絡，是淑惠接的電話。

「他人在聯誼中心，要我們和國政碰頭後，再給他通知，他才要來會合。

他們兩兄弟真是半斤八兩，自己老爸出事了，還當沒事人。他說要回屏東老家，到我們那菸草樓開畫展，你知不知？姑丈要是知道了，不知有何反應？

「這潘國治實在陰陽怪氣，先是悶葫蘆一個，然後又像個出家和尚，現在好了，生龍活虎天天上報，那副打扮活像個花癡，從帽子花到鞋子。我有沒有跟你講過，他上上個禮拜轉到劍潭活動中心找我，哩哩囉囉說了一堆，他拿著菸斗，我們中心的人以為他是畫商掮客，看新大樓快落成，來推銷畫。我們哪有錢買畫？」

淑惠說：「他來跟我談菸草樓開畫展的事，屏東文化中心好好的他不用，偏說那破樓氣氛好，有草根性，要我跟姑丈打點。你聽聽，姑丈准不准還未知，國治還先指明那些搞黨政的人送花籃來，他一概不收，笑破人的嘴。這事我沒來得及跟姑丈講。」

陳秋耘探出頭來：「好哇，那菸草樓開畫展，虧他想得到，我調兩部車把畫運過去。國治最近畫些什麼？」

「好什麼？你好了沒有，一條領帶打半小時！」淑惠起身，把頭髮再梳理一次，抖擻坐綴的裙襬，說：「不知你們三個男人想什麼，沒一件正經的事，姑丈坐進去了，好像你們都不太要緊，是不是？姑丈這回，要是能保釋還好，否則來個擴大辦理，妨害公共秩序、妨害公務，判個幾年都可能，你知不知。你好了沒有？」

她三兩步邁過來，一把將衣櫥門推闔，陳秋耘的領帶閃避不及被門夾住，勒得他險險吐舌。

「幹什麼你要謀害親夫呀？」陳秋耘睜眼啞著嗓子說：「姑丈心中自有打算，我們急得跳腳又怎麼樣？你看這條領帶顏色配不配，幫我出個意見。」

「難道坐牢也是他打算的，你腦筋有沒有短路？像你們這種無冷無熱，無一點時事感覺的人，只會顧得自己游泳啦、畫畫啦、三元五角啦，社會哪裡會有公道正義，哪裡會進步呢？」

淑惠穩穩靠依在門邊說：「你怎麼不打我送你的那條？」

「你說到哪裡去了。我敢跟你打賭，要是好運今天能交保，憑我和國政、國治三人，姑丈肯不肯讓我們辦理？我說姑丈理都不理，你說呢？」

「先不要講這麼多，去了再想辦法。你知道阿姑在家裡急成什麼樣子嗎？她心臟不好，你們還這樣光說風涼話，要去又像不去。姑丈送的那條領帶也不錯，你怎麼老把它放著發霉。」

淑惠開了衣櫥三挑四撿，抽出那條藍底白斜線的領帶，圈在他脖頸上，即刻就幫他纏繞起來。「這條式樣色底最大方，不知你眼光在哪裡，也不會打。看吧，這不是很好嗎？像你這樣拖拉，能做什麼事。」

姑媽在二十號的深夜打電話到台北來，他和淑惠已上床了。阿姑說得沒前沒後，說屏東姑丈一早跟人家出門，沒說要去哪裡，中飯沒回來，晚飯沒回來；剛才淑惠她老爸看了收播新聞，看見姑丈人在台北。阿姑問說看見無？姑丈跑去雲林跟人家會合，上台北請願，打起來了，全街只有姑丈打領帶，給人家拖著一路摠，拖進警察局。說他像水底撈起來的，頭殼流血，問他們有無看到這一段？

陳秋耘迷糊靠在床頭，淑惠倒是全醒了，站著接電話。他們知道城中區從中午起交通管制，晚間新聞看了一段，忠孝東路頭鬧成一團，播報的記者也說不出個來由，光是水柱來、石頭去，人追人的鏡頭，沒現場收音，光是怕人沒看清楚似的，把場面東拉西扯描述一遍。末了，總算提到是雲林的農民北上請願，請什麼願呢？記者又說不出來。

他看過，並無大驚動；淑惠照例是彎腰傾身對著電視，還有一段評論：「雙方領導人都要檢討，失控，把訴求主題都失掉了，警察和群眾需要補習，怎麼會這樣亂糟糟的打群架呢？」說過也算了。

幸好晚間新聞沒有看到屏東姑丈，要不淑惠當場要趕去。她聽了阿姑電話，心噗噗跳，真要到城中區。她去幹嘛？救人？那樣一種場面，就算俠女也插不了手。她打算走哪條路？陳秋耘問她，淑惠說不上來，反罵道：「誰對你比姑丈更親？你一點都不急！」

怎麼會不急？這心急猶如那年姑丈第三度競選屏東市長，大家在競選辦事處坐等電話。各開票所的得票數有多有少，消息來得有快有慢，著急還是得等。像淑惠那樣，在得票看板前急來轉去，招呼人寫銘謝賜票的紅紙；招呼人買鞭炮；招呼姑丈吃救心，搶接電話，比總幹事還忙碌亢奮，等不及也無濟於事。

淑惠再撥電話回屏東，找她老爸問詳細：

「我已經確定是潘阿舍沒錯。屏東方面有十幾個代表參加，不是什麼贊助，是去觀察。他被拖進去也許還安全，其他人沒消息，要是還在街頭拚打，危險性反而高。我已經派人打聽，你們暫時不要去現場，無用啦。」

淑惠在床邊踱走十來回，才甘願上床。

躺著翻來覆去，把床顛得像船，沒想睡的意思，「蚯蚓，姑丈不是別人，他對你的情分不一樣。他在那個年代敢把你接回屏東，這勇氣誰有？其他人誰不躲遠遠，怕給牽連。你對他不能無冷無熱，這種態度要糾正。」

「我向來很尊敬他，你可以問阿姑和國治，我何時頂過他一句話。」

「頂嘴？你還沒這個膽，」淑惠從床頭櫃掏出一瓶藥，丟了一片進嘴，含糊說道：「國政跟他翻臉，你和國治不吭聲，用行動表現，其實意思都一樣。三個人一樣讓他失望。別以為我不知道你們想什麼？

「要知道，你不理政治，政治還是要管你，以姑丈在屏東老家的認識面，誰要參選，他都可以發動個三、五萬票，你們三個，只要有一人肯聽話，他都會歡喜。不是啦，理也不理。」

「你吃什麼東西？」陳秋耘仰起半身，問道：「每個人性向不同、價值觀不一樣，他那套想法過時了，誰說非得當上縣長、市長才叫成功？我尊敬他，也知道感激，但是勉強依他意思走，沒意思嘛。你吃什麼？安眠藥？」

他從不曾這樣直截了當地說，還有一句話噙在嘴邊沒出口，「姑丈有興趣，自己去走，其實三次落選也就算了，何必牽拉晚輩，」淑惠已睜眼：「怎麼這樣講，你不打算明年底回屏東拚一拚了？」

「別緊張，你剛才吃什麼？」

她將一整瓶丟過來，維他命E。「我算好，要是這個月能懷孕，明年三月生產，年底正好可以幫你跑一跑，你到底打算怎麼樣？」

陳秋耘翻身，將一手伸過去，摟住她的腰，淑惠給抓得吃笑，捏他手臂：「神經，你打算怎樣，說呀。我跟姑丈鄭重說過，他已經開始為你鋪路，農曆年印了五萬張春聯，用你的名字夾報給屏東父老拜年，你真實不記得？」

「記得又怎樣，拜年是好事，誰都可以拜年，」陳秋耘抬起一腿壓住：「國政和國治笑得要死。」

「你們三個都是二百五，誰會沒事拜年？你別開玩笑，整我和姑丈的冤枉，」淑惠推推蹬蹬，不讓他靠身：「我已經跟鄒醫師約好，下禮拜一，二十三號再做一次人工的，每次到最後關頭你就這樣，量少的人還不認分，你給我聽話一點。」

陳秋耘仰身看天花板，興致真給掃了一半。

結婚六年沒弄個娃兒出來，半年前給淑惠拖去檢查，精索靜脈曲張，量少、活動力不夠，試著做人工的，前前後後三次了，也沒消息。他想到那玻璃管就煩，偏是淑惠積極，按醫生交代的沖洗服藥，還在臥房裡外貼上三幀娃娃海報，沒事就去欣賞，看得一臉母性的慈暉。

「蚯蚓，你最好想想清楚，不要挨到後來縮頭，姑丈不說話，我可不放過你，」她說：「國政和國治他們兩個，我也要鄭重警告，到時不幫忙，拉倒，要是故意說風涼話，想潑水，我就不客氣了。」

陳秋耘乖乖翻身睡覺，不知淑惠自己一人唸了多久。

到重慶北路交流道，九點五十。淑惠眼尖，看檳榔攤前站一個人，說：「怪事，讓他先來了；這還差不多，老爸有難，他這態度還差不多。」

潘國政穿寬帶背心汗衫、鐵灰半截牛仔褲，一身曬得像漁夫，捧一包檳榔，正塞一粒在嚼著。

淑惠看了又不滿意，示意停車，「牛牽到北京還是牛，你看他嚼那個樣子，來台北也不穿件像樣的，他以為要去土城游泳。我去打電話叫潘大牌來，你等等，讓他嚼個過癮，等下我要沒收他那包。」

十三歲那年，陳秋耘給姑丈接到屏東。他一直都和國治同個房間，他看書，國治畫素描寫生，記得是不曾爭吵，也難得談得帶勁；但比起潘國政，兩人算談得來了。

國政生得粗壯結實，據說出生就比別人大一號。阿姑罵他是一隻憨腳狗，出門像丟掉，回來好似撿到。這人不安於室，就算在家，也是在後院，菸草樓側門邊的蓮霧樹下，檢查他的臂肌、胸肌和腹肌。阿姑說他在外頭和人家有說有笑，回家就成啞巴，後院井水摻有啞巴藥？

潘國政自製兩套水泥輪，當啞鈴，蓮霧樹上還有一副鐵環，虧得這株百年老幹的蓮霧樹，才禁得住他那麼甩前甩後。

淑惠曾當面說他極像魯凱族人，潘國政竟回答：「要是魯凱族人，真不錯。」他在游泳隊和台中體專，真有許多要好的原住民朋友，學得一口原住民語，和他們對答如流。「他們真誠豪爽，比平地人可愛多了，我想，我一定是魯凱族來投胎的。」

那是淑惠第一次來蓮霧樹下玩。姑丈的整個設計給攪亂，應該是淑惠和國政單獨在樹下多談一些，誰知變成陳秋耘靠著蓮霧樹頭坐，國治架個畫板替大家寫生；而潘國政吊著鐵環在樹上甩來晃去。

姑丈探頭看了幾次，忍不住，喊陳秋耘和國治去泡壺蜂蜜茶提來。不知當時誰都沒聽懂，還是不明講也皮皮的裝迷糊；是這樣，淑惠隨即搶先，說她泡茶泡得極好，讓她去就可。

淑惠進屋後，姑丈瞪著潘國政：「說你是柴頭，一隻又像猴，人來也不會多跟人家講兩句，在樹頂那樣，像啥？」說得陳秋耘和國治訕訕想溜回菸草樓去。

淑惠提茶回來，卻又將他們喚住，她對姑丈說：「我們這幾個戰友應該多熟識，不管將來誰出馬，才有默契，阿伯，默契是要培養的呀。」

姑丈一張臉硬給淑惠逗笑了，反過來還罵人：「你們三個男的值不了淑惠伊一個。」

那回姑丈第三度參選，潘國政在台中體專三年級，國治剛到板橋念藝專。陳秋耘見到淑惠之前，居然不知她也在淡江；他在國貿，淑惠在公共行政，同是大二。四人被徵召了請假回來助選。

淑惠在那回助選的表現，當然是出色的。擬政見稿、上台助講、隨姑丈四處拜訪、上宣傳車、分派潘國政和陳秋耘工作，甚至國治做海報，她也插一手指導。

凌晨之後，選票已再三確定了，競選辦事處裡兵乏將疲，滿滿躺靠著發愣的人。淑惠哇啦一聲，當眾嚎啕，誰輪番勸慰都無效，她哭了十來分鐘直到滿意了，才把手掌移開，仰頭起來。

姑丈心裡最明白，三次落選，不說人氣已散，家產僅剩老屋和那幢菸草樓，退隱就守這些老本，該結束了。

他解下披肩紅綵帶，輕拍淑惠的肩，那神情則是欣慰和頹喪參半，他啞啞說：「將來，潘家還需要你大力幫助。」說著，轉身向愣坐的潘國政招手。

潘國政給人推醒，還慌張四顧，不知招的是他。淑惠看不過去，甩髮抹臉，起身又是另一姿態，悲憤揚聲喚道：「阿伯要把綵帶給你，還不快來接。」

潘國政接過綵帶，摺在掌心，淑惠二話不說，搶來抖開，一頭就套在他肩上；競選辦事處，乍時爆起大笑，只差沒放鞭炮，否則還真像慶賀當選。

這麼多年，不知國政把那綵帶怎麼處置了？

潘國政說他在游泳隊學會吃檳榔；寒冬從水底上來，不用力嚼一顆怎麼行？其實後來他嚼檳榔也不分季節了。陳秋耘還在屏東讀高二的九月，全國中上運動會來鄉下舉行，潘國政代表他們學校參加一百、兩百自由式，和四百混合接力。

他和國治陪阿姑到游泳池替國政加油。國政一身銅亮膚色，在池邊做熱身運動，抖他的三角胸肌，嘴裡還嚼著檳榔，不畏人的對著觀眾席打招呼。

阿姑笑說：「圳溝底玩出來的，也敢跟人比賽，」她兩手抓著陳秋耘和國治，大太陽底下還發抖，「給他自己去游，我們不要看了，回家。」

潘國政硬是不畏人，勇奪兩面金牌和四百混合接力的銀牌，浸在水裡，露個頭喘吁吁的讓人照相。他們校長陪著屏東市長找到觀眾席，來和阿姑握手道賀，卻沒看見姑丈，市長擺了正色，問道：「怎麼不見潘阿舍蹤影？他公子為地方爭光，怎能不來！」

市長派人趕在頒獎之前，將姑丈喚到。國政三度上台給人歡呼，姑丈在市長身邊只是說：「見笑見笑，水底游來游去好像一尾魚，游得再快也比不過海魟。人整天在水底，不會有出脫啦。」

潘國政興沖沖到觀眾席來會合，姑丈壓聲說他：「你嘴裡嚼什麼，嚼得這樣好看。」

回家後，國政的教練帶來紅紙，「浪裡白條」、「水中蛟龍」、「賀潘國政同學勇破中上運動會紀錄，保送台中體專」。鄰居送來的鞭炮，全由阿姑接手，姑丈人影不見了，有事出門了。

那晚，阿姑辦一桌豐盛菜餚，留國政的朋友吃飯，國政喝了些酒。等到深夜，姑丈回來，順手將門邊那些賀紙撕收，看客廳滿坐，冷冷點頭，就要回房。

「阿爸，隨便叫哪個縣長跟我比賽，我讓他五十公尺，也沒人游得過我。」國政突然站起，說道。

姑丈先是一驚，隨即說：「說什麼肖話，見笑不知。我告訴你，你前途自己走，我不管，這你就滿意了嗎？」

潘國政到底還是個運動員，他敢做敢說，這些年就這樣擺明了走過來。國治想回菸草樓辦畫展，還得動用淑惠打點，而存在陳秋耘心中的一些想法呢？還不是這樣不明不白，想想兩人的膽氣，合起來真不如潘國政一個。

淑惠打過電話，快速躡步走近潘國政，一把將那包檳榔搶下。潘國政的動作更快，一伸手又給奪回去。

「怎麼，吃檳榔犯法？雞婆嫂你免管人這麼多，你管你家蚯蚓就可以了，」潘國政將檳榔舉得高高，那姿態像極高雄港口設計的那尊自由男神，寶里寶氣。淑惠還不認輸兜著他拉扯，檳榔攤前一下子圍了幾人看熱鬧，國政硬是不從。他說：「吃檳榔要是犯法，就不會有檳榔攤了，你怕我吐渣，我的工夫已修練到無渣了，整粒吞。」

潘國政大笑，淑惠根本拿他沒辦法，撤退回車。

潘國政也跟著彎進後座，猛拍陳秋耘的肩：「兄弟仔，你牽手管教很嚴哦，這種剝皮天，你怎麼還在打領帶？」

「潘國政，正經一點，」淑惠說道：「今天不是去郊遊，姑丈會被關多久還不知道，你不要嘻嘻嘩嘩，你怎麼來的？這麼準時。」

「我們那海底七蛟龍，一尾也不少，一部九人座銅罐車專程護送我，一路沒車敢擋路，咻咻叫。本來想留他們讓大家見識，怕你們看那種身材會怕，叫他們先走了，」潘國政說：「十二點，他們在這裡等我，沒到，說要去土城押我上車，回東港浸水。」

淑惠聽了大叫：「什麼，你來台北兩小時就要回頭？」

「藥好，一帖就見效，」潘國政熱得彷彿要把那件背心也剝下，張嘴呼吸，還有三分像水底撈起過久的魚，他說：「到看守所問問，能辦就辦，花不了多少時間；若只會面，不過也是那幾分鐘，你還準備去野餐啊。就算老爸吃十天半月的免錢飯，他也不懊悔，求仁得仁，他有一套很壯烈的想法。要是能保釋在外，憑我和國治、蚯蚓三個貨色，老爸會哼的回欄裡去，你敢不敢跟我打賭？十口檳榔。」

陳秋耘大笑，笑得不得不把領結鬆開：「真絕，好像我們先對好台詞的，剛才出門前我也這樣說過，只差沒加個檳榔打賭。」

「對呀，你們都是半斤八兩。不知潘大牌等下來了，會不會剛好湊成三個和尚。」

淑惠換了語氣，涼涼看車外，順便對窗整理頭髮，說：「不知你們兩個想什麼，一絲絲正義感、開創性和辨別力都沒有，什麼求仁得仁？農民北上請願，姑丈隨隊觀察，他在農會四十年，沒這資格嗎？很單純的農業問題需要解決，你們為什麼一定要把它跟『政治利用』、『陰謀煽動』扯在一起，看法完全不對嘛。」

潘國政說那句求仁得仁，還真沒創意，這句是姑丈的名言之一。七十九年，邱大極力邀姑丈助陣，姑丈看好邱大這人，說他獅鼻、龍眼、橘皮面、聲如洪鐘，雖五短身材但飽滿有力，別說將來南台灣是他的天下，台灣頭台灣尾他都管得到；這等長相，注定要不凡。加以淑惠她老爸看書學過面相，再把邱大露在外面能看見的黑痣、紅痣拿來和書比對，兩人認定邱大是貴人。

邱大曾親自領著一隊隨從，登門來拜訪。那天，預先以電話通知，姑丈趕緊又聯絡大街照相館的小林，邱大停留的五分鐘內，一捲三十六張底片耗光。這回力邀，姑丈當然是答應的。

姑丈拚足了火力，從戒嚴令談到政治犯；從世襲家族談到特權包辦，從前當候選人不敢講的，換成助講員樣樣都無忌諱了。選舉勒令停辦後三天，姑丈被逮捕。

挨等了三天，檢方來通知，可保釋在外，候令傳訊。陳秋耘連夜南下，趕去作保，姑丈依然忿忿不肯，背對欄柵，連正面示人都不肯。

阿姑在欄外團團轉，話還不敢當面罵給他聽，「使什麼性子，自己兒子作保嫌生嫩，內姪作保又嫌怎樣？你們知道他想撿什麼人？要縣長級以上，他才有面子，這個憨人，憨一世人！」

「我求仁得仁，你不要多說話啦。」姑丈在欄內還應嘴。

阿姑先一驚，左看右看，看國政靠在一旁嚼檳榔抖腿，看淑惠來牽她，愣了愣，先說國政：「你老爸氣你嚼得嘴角紅吱吱，你還故意，所以他不理你，」再看國治偷偷在柱後給看守所畫素描，忽然悲從中來：「邱大說得喊水能結凍，一嘴胡累累。人呢？要他出面，他就變作鼈，不知藏去何處？你姑丈得癌，他自己都不知，求仁，求伊的土豆仁。」

一行人都正經起來，淑惠緊緊摟著阿姑朝外走。姑丈向來削瘦，除了多年前跟人家流行患過一次肝炎，沒聽說他叫過病痛，連小感冒也少有，何時得癌？

「他得官癌，一心想當官，被人牽去攏攏旋，還不知。」阿姑擦眼淚、擦鼻涕，抹得一臉：「人家為什麼沒事要送他領帶？要牽他走呀。」

姑丈在欄內，一樣服裝儀容整潔，他的打扮從來無一般屏東草地氣，所以人人喚他潘阿舍，地方士紳的意思。在客廳大門邊，姑丈特製個懸壁的長櫃，專掛他蒐集的寬瘦長短、花草各異的領帶，領帶背後幾乎全印有贈送者的名姓，清一色是過氣的或當道的政客所贈。

陳秋耘學打領帶，在高二暑假的一個黃昏。

他在蓮霧樹下看書，姑丈招他進屋，說要教他打領帶。陳秋耘隨手抽出一條，姑丈翻個面看了看，非常開心，「你抽到籤王，這是高雄黑派余老大當縣長時送的，質料和式樣都真大方。阿耘，你已經長大成人，將來時常要結領帶，不能不會。」

姑丈自己在櫥櫃挑了挑，選一條藍底白斜線的掛在頸上，一長一短，教他雙手捏住，依樣盤繞穿越。他說：「你人巧，功課很好，明年考大學沒有問題，姑丈知道。你儘管去讀，只要姑丈活一天，都供應得起，你打算分去哪一組？讀什麼系？」

告訴姑丈想讀丁組法商，姑丈笑了。

「我看國政和國治都無希望，將來無出脫，你要是有興趣，不妨選政治或法律系。」他說：「考上了，姑丈包個大大的紅包給你；從我們菸草樓頂掛一串喜炮，放響半點鐘，你看怎麼樣？」

姑丈幫他調整領結，說他人巧，一學就會，不像國政教不聽；要秋耘拆解了，自己再重打一次。

秋耘左纏右繞，居然盤錯方向，糾纏不清險險弄個蝴蝶結出來。

「沒關係，慢慢來，不用慌張，這條領帶就送給你，以後多多練習。」姑丈這樣說。

淑惠和國政碰頭，兩人不抬槓，才真叫怪事。

「你們對姑丈都有誤會，他熱心有理想，有抱負為民服務，給你們看成想出鋒頭、想當官，這根本一點民主素養都沒有，全是冬烘的復辟想法。跟不上時代也就算了，還潑冷水，冷言冷語。不應該，你們知道嗎？」

「蚯蚓，你那條牛鼻索要就解下來，不要這樣掛著難看，我看了不舒服，」潘國政動手要來解陳秋耘的領帶，一手給淑惠打下去：「你是水底的，不要管到我們陸地來，你自己別沉進港底就好了。」

「有夠兇！」潘國政嘻哈說：「嫂子，你最好對我客氣一點，將來你出馬競選，想當官，我這運動員少說還能跑三、五千票，你要想清楚。」

「誰說我要參選？」

「為何不行，老爸早看準，我們三個都不是一塊料，剩下還有誰？求仁得仁，這也是你的興趣才能，窩在救國團救不了多少人，你會甘願？我看準的，」潘國政說：「你不必看蚯蚓。他高興都來不及，少了你在耳邊管東管西，給他製造使命感，他作夢都會偷笑。」

「都是你的話。」淑惠笑罵道。朝車窗看，看見國治剛下計程車，上身著一件布扣唐衫，下穿黑色布袋褲，肩揹粗麻大吊袋，淑惠說：「這潘大牌是什麼風格？哪一點像去看守所辦事。」

車上三人似乎也不急，無人開門招呼他，等國治張望遊行過車尾，淑惠才猛開門，喚住他：「眼色這麼壞，也敢跟人家畫畫。潘大牌，你是什麼藝術時間，慢半點鐘。」

國治鑽到前座和陳秋耘一起，神閒氣定，一一頷首為禮，說道：「堵車，一路都是瓶頸，很不流暢，沒法突破。」

淑惠說：「國治，你能不能用家常語言？我們四人，好像誰也說不通。」

一車子人大笑。

「我先講好，你們要笑現在笑，去到土城不准有人瘋癲，那是很嚴肅的地方，不要開玩笑。」

陳秋耘將車打轉，往土城上路。

「至少你和我老爸就說得通，」潘國政說：「到了看守所，你走前面，免得他先看見我們，回頭又躲進欄內去，這我可沒開玩笑。」

潘國政繼續和淑惠抬槓，淑惠一人分兩邊用，聽國治和陳秋耘談起回菸草樓開畫展的事，她也來插嘴：「我沒擔保能說得通，要說，也得等姑丈出獄，他心情清爽才能提。國治，你不怕姑丈給你硬釘子碰，罵你，說，說現世。」

國治笑出聲，他左擺右搖，說瀟灑和無所謂都可以，「他不在家，時機最好。我想通了，他同不同意我都要辦，而且是辦大的；大號作品也統統運回去。」

「你想造反了，」淑惠問道：「你吃什麼虎膽藥？」

那幢廢棄的菸草樓，是姑丈不想做了，還是進口菸草把它吃了，沒人說過，陳秋耘也不問。

他被姑丈接到屏東不久，就看上了這樓，國治還是跟著他，才來作巢，開他的個人畫室。

瓦頂三樓高的菸草樓，像舊式的學校禮堂那麼大，雙扇木門的銅鎖只是鏽緊了，其實沒上鎖。陳秋耘在一日黃昏，將它敲開。樓內暗涼，乍進的風掀起殘餘菸草的淡香，好聞的味道，他移步入內，居然是一眼就喜歡。

有個直陡的木梯，沒有扶手，直上斜頂閣樓。暈黃夕照是從那處下來，他攀梯而上，不僅無一絲探險的恐懼，反在暗涼高闊的樓內覺得自在，好像這裡來過多時，是向來最鍾愛的一處。

木柱頂著瓦簷，朝樓內釘一排一人半高的粗疏板牆，朝外是大扇的毛玻璃方窗，上下一組，完整的八組。每一扇玻璃窗都能往外推開，讓窗外來自高屏溪的田野清風拂捲而入。

國治跟來時，陳秋耘在閣樓上已學會了文夏的那首〈黃昏的故鄉〉，看過《齊瓦哥醫生》、《娜娜》和《人間的條件》，他早把毛玻璃一扇扇擦亮，地板可以隨處坐臥。

陳秋耘在閣樓看書、寫字，最多是吹風發呆。國治在另一頭寫生、臨摹畫冊，偶爾也借來阿古里巴和維納斯的頭像素描。他們很少交談，不知談些什麼，其實也不能放聲，沒人允准這菸草樓開放。

國治將那排粗疏板牆闢作畫廊，滿滿釘掛他時常換新的畫作。一壁光，一壁畫，黃昏賞畫，陳秋耘從未作批評。兩人極有默契，國治也不問他看些什麼書？坐著不動想什麼？

國治在閣樓，陳秋耘唱歌總是含在嘴裡，「叫著我／叫著我／黃昏的故鄉不時叫著我／叫我這個苦命的身軀／流浪的人無家的渡鳥／孤單若來到異鄉／有時也會念故鄉」，無聲唱著，心底酸楚也舒坦。

給姑丈收養的那些年，他只哭過一回，是初三或高一的有一天，就在這菸草樓頂的天窗前。

他和國治各做各的事，沒人察覺姑丈攀木梯已上來。待姑丈咳嗽，兩人愣住，緩緩起身，站得直挺。

在那前半年，阿姑瞞著姑丈，送國治去學畫畫，每個週日早上，大街的陳外科來巷口接他，和他兒子一起到台南潘老師家；一家只有姑丈不知。

「和你老母瞞著我學畫，學那些有何用？統統收起來，」姑丈站在梯口，沒再向前，他沒有怒容，說得清淡：「不要再去學了。以後莫到這裡來，兩人都一樣，我要把這菸草樓賣掉。」

國治哭，他先被趕下樓。

陳秋耘蹭蹭要跟下去，卻被姑丈攔住，要他在木梯邊坐下。他面對天窗，看那推開的窗縫，強抑不讓自己哭，卻抖顫。

「阿耘，你別驚。我不知你父母在時，你是不是也這樣無講無話，」姑丈按他的肩頭，說：「你受過驚嚇，姑丈知道。在這裡你不用怕，好好讀書，姑丈當你是親生子栽培，將來替你父母出個公道。這裡，無人會來攪擾你。」

姑丈說得極慢，他聽著，一直無開嘴。

窗外，天色漸暗，看著田野間三、五盞閃亮起來的燈火，他手腕蒙住鼻嘴，手掌握肩，先是啜泣，繼而忍不住號啕起來。

其實，那是驚嚇？自己也迷糊。感覺像在一只白色大球裡，球外似乎有人影走動，不真確。提步向前，球體跟著旋動，球外的人影永遠招呼不到，就這樣走累了，彷彿還在原處，搆不到恐懼或希望的邊緣，只是迷糊。

那日放學回家，爸媽已被帶走。

說是這樣：爸爸先上車，媽媽安靜收拾衣物，將電鍋插上，門閤上了但未鎖。說爸爸寫文章為匪宣傳，是媽媽謄的稿。他們看左拉的小說和馬克斯的共產主義宣言，他們慫恿組黨，他們收聽對岸廣播，代人擬信回鄉，他們犯罪。

他知道媽將錢藏在梳妝檯的抽屜暗格裡。

他知道要自己一人過很長的日子。

他知道自己不再是個小孩了。

他知道哭也沒用。

他安靜掀開電鍋，安靜吃飯。

這件事，他只對淑惠一人說過一回。

那次為姑丈助選之後，他們並未走得近，放假返屏東來招伴，泰半也是禮貌。說過這事，每次火車路過苗栗，淑惠會將窗簾拉下，喋喋說些別的，也這樣一切都習慣了，握她的手，讓她的頭與髮靠肩。

姑丈變賣許多田產，獨獨留下這幢菸草樓，在臨水圳的一邊搭橋，另開一扇大門，幾度充當競選辦事處，也給他和國治留住最愛的去處。

姑丈是這樣一個心腸，但秋耘還是要把領帶解開，給自己一個公道，頸脖上無糾纏，總是自在些。

他印象中的父親，也是愛結領帶的人，是他歡喜甘願，也許是他和他的朋友流行。想也無從考據。

車到福和大橋，陳秋耘已將領帶解下。

潘國治提議將車窗搖開，吹自然風。陳秋耘率先動手，國政和國治也搖轉窗把，淑惠抗議無效，反過來還被潘國政說兩句：

「要競選的人，不先練練吹風曝日，還想和人拚？我對你最了解，明年當你助講員，國治畫海報，蚯蚓寫政見稿。你自己要多運動，競選也要拚體力，最好是回屏東跟我練游泳。」

「沒正經，一件正經事到你嘴裡都變樣，」淑惠說：「我和蚯蚓正在家庭計畫，不知到時有無空咧。」

國治看窗外速寫，陳秋耘趁勢將領帶扔過橋欄。河風急竄，藍底白斜線的領帶一捲不見，車內車外似乎也無人察覺。

「好了，大家正經，到看守所看見姑丈，由我開口，你們什麼都不用說，」淑惠揚聲說道：「有理想、有抱負的人，命運總是比別人坎坷，姑丈就是這樣。這是哪裡？是福和橋嗎？」

福和橋上總是人車流動，誰不這樣只是匆忙趕路，過橋的感覺總也迷糊，非得橋過了才知已過橋。

到土城看守所還得半小時，這「會不會去得太晚」的念頭，一閃而過；陳秋耘想著，這兩天得節約保重，認真造個娃兒出來。

（本篇於一九八八年獲第十一屆中國時報文學獎短篇小說評審獎）

銅像店韓老爹

聽說韓老爹病恙了，這一病顯然不輕，他那銅像店的大門，從國喪的第二天就半掩起來。見過他的人說，一早出來掛個半降國旗，便縮在躺椅不動，屋裡也不點燈，暗漆漆的，找他得多喊兩聲，才會從環壁的銅像堆裡撐起來。孩子們別去那裡，會被嚇壞。

韓老爹的身子向來硬朗，忽然這樣病懨懨，老街坊都擔心他；他三個兒子全不在身邊了，老大在紐約當外科醫生，好多年沒回來；老二小牛在高雄成家，離他最近，但是前些年專包餐廳秀，給送去岩灣，也好久沒聲息；他那媳婦帶孫子回來，常是蜻蜓點水就走，韓老爹要有個長短，沒人扶持該怎麼辦？

我和小三子韓克明，九年同窗兼結拜，退伍後他一直跑長榮海運，雖說三兩年不定期見一面，這情誼還是在的。韓老爹有恙，找一日，我當然該去看一看，放在心上的是，韓老爹那脾氣還在不在？

韓老爹的銅像店在眷村邊緣，店門前就是小火車鐵軌，這鐵軌可劃分得清楚：我們這一頭是巷弄彎曲的舊村莊，大抵是閩南和客家人；隔個鐵軌的眷村，是海軍和陸軍宿舍，他們的巷弄切豆腐似的整齊多了，圍牆裡頭的房子卻也一樣亂，層層疊疊，難見兩家格局相同；說著內地各種腔調的國語和原住民話，非常熱鬧。

誰也不會沒事到對村去晃蕩，不過銅像店前的這段鐵軌，倒是兩村人馬常來作亂，這全託載甘蔗的小火車所賜，我和小三子的交情，大抵也是在這裡奮鬥出來的。

靠鐵軌一排房子，就只有韓老爹一家沒搭圍牆。

韓老爹翻塑鑄造的那些尊銅像，有戴軍帽騎馬的、有拿枴杖的、有半身微笑的，一尊尊都比真人、真馬高大。韓老爹一概在店門前的篷遮下翻鑄，模型和成品從店門一路擺出來，跨過鐵軌，出不出貨都保持十幾尊隨侍鐵道兩側，站衛兵似的直挺挺。

小火車的班次不定時，兩村拔甘蔗的人馬，最愛拿日落黃昏那尾班車下手。一夥人擠擠靠靠貼著銅像蒙嘴竊笑，待火車頭轟隆駛過，數第三截車廂開始動手。

小三子說：「尾班車司機的肚子餓，沒力氣下來抓人，要告密，他也認不清誰是誰。」

其實，那些銅像才是我們的保護神，是我們的救星。有那些銅像可以躲藏，火車司機真費工夫下車抓人，這些銅像也夠他繞一陣，一根毛也抓不到的。

整個甘蔗採收的季節，我和小三子天天有白甘蔗啃，一夥人就屬我和他從不缺席，旁餘的人給父母得知，吊起來毒打一陣，各個傷兵、敗將只敢淌口水向我們要吃。糖廠特地發警告到各家各戶威脅：誰不約束自家小孩，將來甘蔗連人給拖進車輪下，自行負責，不要來找糖廠理論。

那些分不到甘蔗吃的報馬仔，如實去報我老母，她挨等到我洗澡，持藤條衝進來對我一場好抽：「你嘴饞，將來給火車壓扁，沒人去跟你收屍。你跟作銅人的那個小三子學，他是沒娘的人，沒人管教，你怎麼跟他跑？好，有本事偷吃人家甘蔗，就有本事先吃我的藤條。」

那些新採收的白甘蔗，真的很甜，但還沒值得換挨藤條抽打的滋味。我和小三子天天去拔拉，除了韓老爹罵的賊性，那躲貼在銅像懷前、背後的安穩刺激，才真是來勁。

小火車鐵軌長草的時日，我還是常到韓老爹的銅像店，和小三子在銅像前做功課。我們扛個長板凳，不坐鐵軌，坐在半身銅像的肩上，坐在它皮鞋或馬蹄上，時時調整板凳，讓它在銅像的巨大陰影下，免得陽光傷眼。

我們坐銅像，韓老爹從來不管。

他忙，他管不了這些，我沒聽過他管三個小孩做功課、洗澡、吃飯，店裡除了那些小尊的坐姿、立姿和半身的光頭銅像，一地全是工具和碎渣。誰愛做功課，都到鐵軌來；誰想吃飯到灶頭去，吃過順便把碗筷洗乾淨。

有一次，我去找小三子打麻雀，他不在，店裡只剩韓老爹。

他背朝外，石人一樣的坐著，額頭前的一盞燈泡，把他拉出一個好大的影子。我進了銅像店不敢出聲，看他面前豎個畫架，畫板上夾貼了一張照片，看來是畫報上剪下來的。

店裡瀰漫著菸草和濕土的氣味，搔癢人的鼻孔，我站了一會兒，正要轉身，韓老爹突然伸手，一把將那畫架推倒，他倏地起身，像個巨人一樣。

我嚇得靠門側退，撞著圓凳上一尊半身銅像。

銅像被一碰撞，搖搖晃晃，險險墜地，我趕緊抱住。

「小子，你給我當心一點，這些銅像都很值錢，你賠不起的！」韓老爹點菸，一屁股坐下，也不理那傾倒的畫架，說：「每個人找我，都來訂做這種東西。我能不做嗎？這東西挺賺錢的，我一尊賺個八千、一萬，實實在在，我能不做嗎？大家想到銅像就是做這些，我閉著眼睛都可以做起來，他的五官容貌我太清楚了。」

韓老爹拾起地上那張畫報相片，抖兩下，又說：

「這人要我把他的英雄偉人的氣質做出來，要有藝術感。他懂得什麼氣質，什麼叫做藝術？根本胡扯蛋，我老韓真懂得，就不搞這些了。」

韓老爹高大碩壯，冒得一腮鬍渣子，他圓睜雙目，左手握拳扠腰，指著大門開罵，那神態極像他鑄造的那尊對人訓話、振臂高呼的銅像。

我始終沒有開口，蹭蹭移步，悄悄靠牆溜走。

在自治會活動中心前的圓環裡，找到小三子。

幾個陸光新村的小孩正從鐵絲網跳出來，小三子抓一把玻璃彈珠，靠在石碑台階擦汗，見到我來：「你到我家去了？」

「你老爸怎麼了？好恐怖。」

「不要理他，他一陣子就要發作一次。」小三子將手掌攤開，玻璃彈珠從他手指間滾落，蹦蹦跳跳，一階階跳下去。小三子蹲走下草地，一粒粒撿起來，又再撒一次，這回他不撿了，指著石碑上的騎馬銅像說：「這尊也是他做的，他做了很多銅像，我們校門口那尊也是。不理他，我們出來躲一天就好了。你要不要吃饅頭？我有錢。」

「他是不是常常這樣？」

「不常啦！」小三子摳著台階上的口香糖黏渣，說：「我老爸不甘願，他說他是藝術家。你知不知道他讀過杭州美專，他有一個老師叫林風眠，很有名的，他老師說他將來會有希望；我老爸老提那些事。」

「做銅像也不錯呀，好多人都做不出來。」

「你去的時候，他有沒有喝酒？」小三子說：「他喝酒過才嚇人，紅著臉什麼人都罵，他覺得老是做一種銅像沒意思；我大哥膽子大，跟他講過，家裡少賺一點錢沒關係，他可以做他想做的。我老爸真的有一陣子銅像不做，畫了好多油畫。」

「有沒有人買？」

「我大哥統統把它們藏在床鋪下，味道很難聞。」

「他畫得不好嗎？」

「遠看都很好，但是沒人要，大家還是找他做銅像；那些畫要不藏起來，我看我老爸會把它們全燒了。」

「你老爸的頭腦有沒有問題，怎麼這樣怪怪的？」

「怪你的頭，他不常這樣。」

的確，韓老爹是不常生氣，我也看過他很開心的時候。有一年暑假的中午，我從園裡採了些番茄來銅像店請小三子吃，我們躲在銅像的陰影底下，背脊冰冰涼涼，一嘴的番茄汁也冰冰涼涼，麻雀在遠處的尤加利樹上吱喳叫，我和小三子也東南西北聊得好開心。

韓老爹忽然從銅像店裡摸出來，手上握著一坨濕黏土，半彎腰躲在門前那拄杖的銅像後，作勢要我們不動。

我和小三子含了半口番茄不敢動，怔怔看著他。

韓老爹像丟彈珠一樣，把黏土在鼻前比劃兩下，直直朝我們擲過來，我和小三子嚇得左右傾倒。

背後響起一聲麻雀的慘叫。

「哎，叫你們別動還動，看吧，飛了。」

韓老爹摸索著出來，專程要擲那隻停在銅像頭頂的麻雀。我們默契不夠，讓他丟空了，黏土貼在銅像額頭正中，韓老爹很惱火。

「拿一個番茄來，放在銅像頭頂，我再擲幾次，」他說：「你們別怕，我擲得很準的。」他要我和小三子輪流在銅像前坐正，讓他連發六鎗。

我和小三子又怕又好笑，縮著脖子坐不正。

韓老爹的準頭實在不太行，六發中三鎗，及格而已，三坨黏土分別貼在銅像的鼻頭和左眼、左臉頰，看來真滑稽。

小三子比他老爹靈光多了，連丟三發，破了我三個番茄，我們嘻哈笑一陣。小三子要把那些黏土刮下來，韓老爹卻說：

「不要理它，太陽曬乾了，它自動會掉下來。」

沒多久，巷口轉進來一部灰色轎車，車開到銅像店門口停下，有個提皮包的上尉慌慌張張跳下車。

我和小三子趕緊起立，韓老爹雙手在褲管上擦拭，他壓身告訴小三子：「把那些黏土剝掉。」

小三子沒聽見。我想伸手去剝，離太遠，來不及了。

一部黑轎車緊隨跟來，暗漆漆的車窗，看不清來人是誰。那提皮包的人奔去開了左車門，又繞過車尾打開右車門。

下車的是一個肩上兩顆星的將軍和一個穿西裝的人。將軍拉拉上衣下襬，按了肚皮，直直挺進銅像店。

韓老爹立正靠腿，一雙拖鞋硬給他碰出個聲響，他在門外喊：「報告長官，我是小店老闆，有何指教？」

那將軍真是渾身上下都發亮，從帽徽、鼻頭、腰帶銅環到皮鞋尖，無不光可鑑人。站得像個銅像，也不開口；只是眼珠子四處溜，突然左拳扠腰，右指一伸，指著貼了幾坨黏土的銅像，皺眉。

「還不把那些東西弄掉！」韓老爹回頭罵小三子，對兩顆星忙不迭彎腰：「這地方專出頑童，沒辦法，沒什麼其他意思的。」

將軍嗯一聲說：「好，很好。」

「我們司令專程要來這裡看一看，看你們有沒有製作大銅像的能力？」提皮包的上尉指著穿西裝的人說：「這位是本縣的縣長，你們應該認識的，是他大力推薦。」

「謝謝謝謝，」韓老爹陪笑說：「小店最大做過三噸半，四公尺多高。」

「能不能再大一點？」那個縣長問道。

「試試看。」

「這不是試試看就可以，你有沒有這個能力？」那侍從官說：「這是配合華誕和司令部大廣場擴建，只許成功不許失敗的。」

「我看那個騎馬的不錯，」司令一直左拳扠腰，他指著我們身後過鐵軌那尊銅像說：「能不能再大一倍？」

「可以可以。」韓老爹說。我和小三子向後轉，看那尊銅像。

「經費方面沒有問題，隨你開出個合理價錢，」侍從官打開手提包，掏出一張紙條，唸說：「在英勇威武中要有親民愛民的胸懷；在崇高神聖中不失仁者的風範，你做的能不能達成這項要求呢？時間只有三個多月，你有沒有把握完成？」

「這個沒問題，問題是……」

將軍和那縣長看韓老爹吞吞吐吐，緊張起來。侍從官追問：「你也是軍人退伍的吧？有話直說嘛！」

「是，我是海軍士官長退伍，」韓老爹雙手摸摸搓搓，說道：「怕是場地和將來的運送會有麻煩。」

「好，很好，」將軍笑了，他說：「這些不用你操心，我們會協調解決，你只要全力完成任務就可以了。」

「你要借用鐵軌旁那塊地是不是？這我們會下公文，」侍從官說：「將來的恭運，需要道路拓寬或其他拆遷的枝節問題，我們會負責。」

他看了看鐵軌兩旁日頭曝曬的一群銅像，又說：「這太不像話了，應該搭個篷遮，怎麼能日曬雨淋呢？這個，我們會調派工兵連來支援。你能不能在三天之內把設計圖先呈上來，我們還要同時規劃紀念碑上的涼亭。」

我覺得這侍從官說話的語氣和那將軍真像，只是動作差了些。將軍聽了，點頭說：「好，很好，你的手藝相當傑出，整個神韻都揣摩到了。我希望你同時也能多做些小型銅像，適合放置案頭的，我相信這個銷路沒有問題，你儘管放心，我們可以想辦法配合。」

恭送一行人走後，韓老爹看來是又要發作了，沒接了大生意的歡喜，反是塌肩拖步進店。

我和小三子停在鐵軌邊，不敢跟進去。小三子問我：「要不要去圓環打彈珠？」

韓老爹卻又抓了一坨黏土出來，他說：「再放個番茄上去！我不信我丟不準。」

他彎腰蹲在拄杖銅像後的老地方，把黏土在鼻前比劃兩下，直直丟過來。

他直到丟了第四發，才將番茄打落。

「爸爸，你的手沒拿穩，怎麼丟得準呢？」

韓老爹頹然扔了剩餘的黏土，朝空舉起雙手，他一雙手微微顫抖，他咬牙閉氣，手抖還是停不下來。

「算了，我這手別想再畫畫了，認分搞銅像吧，」他說：「來，今天歇工，帶你們去村口吃水餃。」

好歹，韓老爹也是在街坊裡風光過的人，鐵軌旁兩村老小誰不識得銅像店韓老爹？

在他製作生平最大銅像的那三個月，這裡可熱鬧了。將軍說話有信用，而且效率高，黑轎車離去後第三天，他果然派了一隊工兵，竹架木板，從店門外，跨過鐵軌，團團圍起一圈木板牆，再正中撐起一面大帆布，約莫有馬戲團表演的場地那麼大。

牆外，時刻有人窺著板縫朝裡望，輪番去來，看得興起，就在鐵軌一排坐談。糖廠的小火車暫停通行了，那棵愛棲麻雀的尤加利樹給攔腰鋸斷，橫躺在鐵軌上；白甘蔗改由軍車載運，我和小三子還討了便宜，車子從平交道駛過，只要我們招手喊一聲：「請客啦！」那些坐在甘蔗堆上的阿兵哥就會一腳撥個三兩根下來，我們省了追小火車拔拉，照樣有甜滋滋的甘蔗啃。

韓老爹風光，小三子也跟著抖了，守門當警衛，我去，還得對門說口令。

「千年神龜最愛喝什麼水？」

「崑崙山的天一神水，」

「猴子喜歡戴什麼帽子？」

「阿里巴巴的珠寶王冠。」

口令天天換新，只給幾個死黨；旁人，門都沒有。

韓老爹要不是身子銅造一般硬朗，光爬那些梯架就會給累死。這新塑的銅像高過兩層樓，鷹架木梯疊疊搭搭包了一圈，韓老爹做事不假手他人，樣樣自己來，我們偶爾遞個榔頭、鐵釘，他嫌不俐落，吼得發火，要我們一邊去。

銅模底下新鋪了滑溜溜的銅板，那木梯哪撐得緊呢？我們爬樹、爬圍牆是一等一；但韓老爹的身手也真是了得。

大帳篷密不通風像個蒸籠，韓老爹作主，要小三子和我把圍牆木板間隔撬開一片，他說：

「這又不是什麼機密，見不得人。」

銅像載走那天，兩村至少來了一半人，比我們村的選舉期間還熱鬧過三分。人頭不怕擠破的夾在鐵道兩旁觀看，憲兵的哨音嗶嗶吹，要人群退到安全線外，不要靠近大吊車；但是總有不怕死的在吊車旁鑽進穿出，想看看披遮在紅綢布裡的銅像模樣。

韓老爹穿一套體面西裝，打紅領帶，我看了真彆扭。他身材高長，是好衣架，只是我看不慣，不比他平日穿的汗衫和邋遢藍色工作褲順眼。韓老爹自己顯然也不自在，陪操作手坐在大吊車裡，不時扭脖子拉領帶。

小三子說是那侍從官來交代過：請駕恭運那天，絕對要服裝儀容整齊，所以他老爸早兩天把結婚穿過一回的西裝翻出來，提去乾洗整燙，天沒亮就穿好了。小三子的看法同我一樣，好看是好看，不過彆扭，好像他老爸要去討個姨娘回來。

那將軍司令官的腦筋不錯，也是親民愛民的人。這回恭運銅像沒拓寬巷弄，沒拆遷了那棟房子，就近利用糖廠小火車加掛兩節改裝的平台，大吊車這樣來，也陪著兩樓高的騎馬銅像一道去，我和小三子猜想：也許這還是那侍從官的主意。

銅像安然上車後，韓老爹坐在吊車裡沒下來，高高在上，我和小三子跟著圍觀的老街坊們鼓掌，韓老爹扭著脖子向我們招手回禮。小火車嗚笛啟動，緩緩開走，韓老爹真像校閱官，開口無聲，大概是說：「好，好，」老街坊能這樣風光的有幾人？

那一年元旦，一連三個晚上，韓老爹到夜市擺攤子的事，我和小三並不覺得有什麼不光采，他的攤位和別人不同啊！何況村里自治會的總幹事親自登門拜訪他三回，韓老爹才出馬的。

平日，在我們市場口廣場，逢禮拜三、禮拜五，有個固定夜市，吃喝玩的想得到想不到的玩意都有，點燈、放音樂，攤位滿滿擺了五大排長龍。那年元旦特例連開市三夜，韓老爹的攤位也特准設在最顯眼的自治會大台階上。自治會免費支援了彩球和兩盞五百燭光的照射燈，這禮遇別人想沾邊都沒有。韓老爹卻從頭到尾嘟著一張鬍渣臉，好像誰欠他什麼，他擺夜市無光采了。

自治會總幹事說他是奉命來邀請韓老爹，要他把新翻鑄的一批小銅像搬出來的。他不肯說奉誰的命，只要韓老爹把這些合適放置案頭的小銅像拿出來推廣，如怕搬運嫌煩，他會仁義盡至請派支援。

搬運那些小銅像，其實也不費事，我和小三子都可以一手抓一個，在台階上前後對正，左右看齊，依序而下，有什麼麻煩？

韓老爹咿咿唔唔不置可否，急得那總幹事只差沒下跪。求到後來，總幹事出主意要韓老爹把他珍藏的藝術品也一併擺出來，不賣，就算開一次畫展也可以。韓老爹總算給說動，答應了。

那三夜，幸好我和小三子在場，否則韓老爹真會吃大虧。

那些半身小銅像的生意真好。

總幹事對韓老爹咬耳朵說過，一個價錢不要低過六百元，而且不能給還價。這些話也幸好小三子和我都聽見了，要不像韓老爹給先早的幾個顧客說：「隨便給，你看中意就帶走。」那會少賺多少？這些銅像好歹是他花工夫製模，一尊尊翻鑄出來，何必這樣作賤呢？要是他心不甘情不願，又何必一口氣灌了六十尊？總是要賣個好價錢，對不？

生意好，好得我以為村裡都是有錢人，買銅像的都不是那些和菜販為三、五毛爭得粗脖子的人。我記得很清楚，第一夜賣了十八尊，裝了滿滿一個奶粉罐的錢。

韓老爹坐台階頂上抽菸，背後環豎的是他那些氣味很怪的油畫，大幅、小幅，有人物有風景，也有幾張看不懂的。裡面的燈光暗了些，我想沒幾個會留意到。

第二夜，還是我和小三子布置攤位，我們找自治會總幹事要來鐵絲，擱著兩根石柱繫綁牢，把油畫移到台階來，靠著鐵絲展示。韓老爹像個沒事人，人來了，卻坐在油畫後頭，還是抽菸，看我們作生意招呼客人，好似看我和小三子扮家家酒。

生意還是好，三個談價的就有一個會掏口袋，一晚下來，銅像只剩十來尊，還擺不滿一橫條階梯。老實說，我生平還沒看過那麼多錢哩。

那些大小幅油畫，不能再嫌燈光不搶眼了，偏是沒人多看兩眼，更別提有無人問說賣不賣，彷如只當是背襯布景，掛來給攤後的門牆遮遮醜的。

總幹事非常開心，看銅像生意興隆，好像他也分得一份好處，不時在攤位前後晃盪，還帶人來選購。韓老爹的脾氣怎麼這樣扭？人家能做的都做了，大把鈔票都進了他口袋，還給人家擺臉色不多搭理。

看韓老爹嗯嗯哼哼，總幹事說：

「韓大師，你這些油畫作品是很有藝術的，可惜大家的程度不夠，不懂得欣賞。我有個淺見，要是你能多畫些大家認得的人和風景，這就不一樣了。」

「大家認得什麼？」

「偉人的豐功偉蹟或他徜徉山水沉思大事，這些大家都認得；要是嫌不熱鬧也可以畫些出外親民愛民的鏡頭，這些題材都很有意義，也很藝術的，」總幹事說：「韓大師要什麼資料，我會裡的畫報都可以找到，無條件供應，你看怎麼樣？」

韓老爹沒搭腔，總幹事又問：「您看怎麼樣？」

「我看不必了。」

我聽得捏一把汗，這韓老爹實在不通人情，總幹事要是翻臉，不給我們在台階擺攤子，剩餘的十來尊銅像還不是堆在店裡招灰？

事後，韓老爹聽我和小三子談起，他居然說：「擺在店裡，照樣有人來買走，我不稀罕。」

不稀罕，幹嘛有始有終擺了三夜，莫不是一尊銅像也不剩，他吭聲說風涼話？

韓老爹的脾氣也實在太古怪了，自從小三子服役後跑船，我也少到銅像店去走動，不去惹閒氣。他這一病，不知什麼症頭，念在我和小三子師公神筊，那些時日，我在銅像店的時候和家裡一樣多，於情我應該去探訪。

這一日，我提了一袋蘋果和兩套自己工廠做的運動休閒服，來到銅像店。

店門外掃得乾淨，小火車鐵軌兩旁沒一尊銅像，門前的塑膠篷遮給收在簷下，大門半掩半開，貼一張紅底金字的恭賀新禧。看來，清冷得緊。

韓老爹正巧端一杯茶出來。

「韓老爹，是我，陳文雄。」

他怔怔看著我，咳嗽，啞著嗓子說：「我知道，我認得，小三子沒回來呀。」

「是來看你的。」

他哦一聲，又咳嗽，咳得茶水濺了一手，說：「屋裡亂糟糟，我幫你泡杯茶，在外頭坐，行不行？」

他那杯水是涼了，我一併接手：「你歇一歇，我自己來，」韓老爹不堅持，給我茶杯，在門外矮凳坐下。他說：「我這老骨頭還硬得很，沒什麼事。」

店裡，大小銅像擺了一地，從門邊一直擺到厨房口，暗漆漆的。我彎曲著走，沒提防踢到畫架腳，畫架上的油畫咚的砸下來，打著一尊銅像的頭，又反彈仰靠，斜身依在銅楞杖，沒倒。

「不理它，你出來坐。」

韓老爹的氣色還好，只差多了白髮，眼神暗了些。我遞茶給他，看他的手還是微微顫抖。

「忙不忙，生意還好嗎？」我說：「保個身子，安養晚年，不要累壞了。」

韓老爹居然笑起來。

「現在還有誰要這些東西？我每天喝茶看報，閒得很，」他說：「這些東西抱去送人，還怕人嫌累贅。」

「那正好，餘下來時間你可以做做你高興做的。」

「是呀！這兩天我想通了，找一天精神好，把那些銅像熔了，免得占地方，」韓老爹輕啜茶水，仰頭看天，再看雙手，說：「我這個人真賤，閒不住的，還想擠顏料畫畫。筆鈍了，腦筋鈍了，我自己都看不過去。拿給誰看呢？」

算算時間，這陣子沒甘蔗收成，幾隻麻雀在鏽黃的鐵軌上玩跳啄草，青草長得旺茂，一派是新春氣象。從前我和小三子在鐵軌閒坐，拔草咀嚼，被韓老爹笑說像兩頭牛；那草根真的甘甜，韓老爹有所不知。

清閒過日子，有時也是一種福氣，要是享不了福，反過來時光漫漫，像韓老爹忙碌了半輩子銅像，忽而門庭清冷，恐怕也真難受。

其實，以韓老爹受過科班訓練的本領，他不做銅像，不畫畫，照樣還有活可幹。他也懂得印染，現在時興插旗幟，綁頭帶，四處見著反核能、反公害和各黨派出街遊行。一波接一波，印染的市場很有潛力，他要是能接頭做個三兩筆，只怕是忙不過來，沒得閒。我在外頭跑動，朋友也有一些，真要攬幾筆生意，還能說得通的。

只是韓老爹的脾氣，我不是不知道，好則好，要是忽而發作起來，把我那些朋友得罪，我不給連累了？

想想，他遲早總得適應這清閒日子，而他身邊也積攢了一些錢，衣食都無愁了，犯不著再和人家湊熱鬧。這些生意還是別提的好。

「改天我碰到小三子，要他別再跑船了，」我說：「催他趕快結婚，陪你住，生幾個小孫子給你逗著玩。」

「只怕他不聽你的，」韓老爹開心大笑，起身捶背，問道：「你要不要再來一杯，再陪我坐一會兒？」

（本篇於一九八九年選入前衛出版社《一九八八年台灣小說選》）

喬遷誌喜

徐向前的汽車雷諾25開道，安穩搬家公司的小陳親自押送，一大一小卡車尾隨在後。

車隊一早從中和結伴出來，走高速公路，來到新竹交流道才七點半。這一路不堵不塞，異常順暢；辰時結束前，回竹東老家祭祖搬出，大概不成問題。

移徙和入宅的吉時，都是徐向前他老爸去選定的，三叮嚀五交代，時辰要抓準，不可延誤。

老爸原先自己翻查農民曆，舉起那把磨損的放大鏡，找到農曆二月十五，「宜訂盟納采祭祀祈福出行開市修造動土上梁移徙入宅」吉日。正好是連續假期，再好不過了，雖說沒幾件東西好搬，但是扛出抬進、上上下下，也總要累幾天，能有假日休息，這再好不過。

誰知才和小陳聯絡好，老爸又打了電話來反悔，說是「沖蛇39歲煞西」，正沖煞到他。老爸愈想愈不妥當，索性包了一千元紅包請擇日館另選時辰。這好了，一延半個月，不上不下的，又多出個相差兩小時的移出和遷入的吉時，另加五項規矩：

一、舊宅移出之物，由他人經手；搬進新宅之物，親自動手。入新宅時，全家人不可空手進入。

二、家主手捧家神或祖先牌位，次後一人，持有紅紙的菜頭一對，其他人持金錢財物依序入宅。

三、入宅時間，須在中午之前完成。

四、入宅時先安家神，後安家具。

五、喬遷之後，必須祭拜家神一次，祭拜時之靈咒為「一宅神主，求爾降福，保祐平安，消災去難，家和事昌，喜慶禎祥，財星輝耀，鴻運高照，壽康昌榮，諸事順通，納進廣利，萬般大吉，財產興旺，富貴綿長，子孫其昌，聲譽聯芳，去障增慧，功名赫赫。」連念九遍。

要不是這十年搬了七次家，和小陳結交了朋友，人家哪肯推掉幾個市內客戶，說來就來。搬家公司的電話貼得到處都是，但你知道哪家安穩可靠，不摔碰、不和你抬槓，或動不動就要加價。

小陳長得一副忠厚相，五官和體型像極了電視廣告裡帶孩子玩的年輕爸爸，兩撇濃眉下的眼睛，露牙一笑，也跟著笑。第一次搬家找上安穩公司，還不知他是小開，那時，他剛從海軍陸戰隊退伍，氣力勇壯，一個人背扛冰箱直上三樓，以為是老闆雇來的搬運工，誰知還是中興經濟系的。

小陳的長相忠厚，腦筋可清楚，他老爸幫他建檔了一千多家客戶，小陳還要自請從開卡車、估價、捆貨、堆疊、懸吊、背扛一一學起，很有老派企業家訓練第二代接班人的那套做法。他說：「搬家是一門學問，下去做做才能體會，」又說：「這門行業很有發展的。」

搬家公司靠勞力居多，好歹還是個服務業。這年頭，別人不說，徐向前自己不就搬過七次？誰有這麼大的精神和人手，樣樣自己來，不假手專業服務。

真是想也想不到，就像那第三次結婚的老余，每次結婚都公開許願是最後一次，結果，還是又來一次。來來去去在同個都市裡打轉，但偏就是有那麼多不能不搬的奇奇怪怪理由：刻薄的房東管這管那，不得安寧；巷口小攤如細菌繁衍，聚為夜市，蚵仔煎的油煙從樓下衝上來；上層樓漏水，自己的水管不通，電量超載跳表；每天晚上總要望家門興歎五、六回，不能回家，在方圓五里內兜圈子找停車位。

結婚了，有了孩子，房子嫌小。租的？哪怕才買半年的，照樣是，搬！說是想得不遠、搬家成癮，誰能看得準半年後的事？誰瘋了愛搬家！

徐向前聽小陳說「搬家行業有發展」，絲毫不懷疑。會把搬家公司的「客戶資料建檔」看成笑話的人，是他福厚命好。小陳說：「我們的服務品質，一定要自我嚴格要求，這不是一次生意，搬家公司靠口碑，靠老顧客。」

第六次搬家過後，小陳隨車附贈一份全家份的晚餐（小陳的「人性化服務業」做得夠貼心、夠徹底吧），徐向前感動之餘，到巷口搬了一打啤酒邀他共享，問小陳：「我有沒有破你所有客戶的搬家紀錄？」小陳差點給一口啤酒嗆死，說：「還早咧！現在住陽明山那個胡教授保持的紀錄，你連一半都不到。」

只是沒想到，小陳在上次搬家過後，把他的公司附生了相關企業，在天母開了一家「冷門民俗藝品店」，兼做骨董家具的營生。

這趟，小陳特地撥空，親自押車來幫徐向前的老爸搬家，雖說是念在老顧客之誼特別情商演出，也是小陳事先看中徐向前老家的幾件舊東西。

老爸的「撿寶」脾性，徐向前哪不清楚？

他和大哥、二哥從小學到大學的所有獎狀、所有人頭照、三兄弟輪流穿過的帽子連身的娃娃裝、老爸當軍伕在菲律賓從大腿取出的子彈頭、刊載日本降服的《朝日新聞》、鏡面模糊了的放大鏡、奎寧丸空盒子、無零件可換的發條手錶，一件件都藏放在紅木櫃裡。要不是三年前霉爛的靈桌起火，毀燒了些東西，老家那三合院瓦厝，更像報銷品的儲藏庫。

原以為老媽過世後，沒人和他一鼻子出氣，老爸這只進不出的習性會跟著衰頹，誰知他分類整理得更帶勁，甚至一件件修補，擦拭起來。將鬆散了結頭的喜籃提把，細細削竹綴綁；將八腳眠床打磨了上亮光漆；八卦門環塗了銅油搓亮；將濕腐了椅腳的太師椅一張張抽換。

徐向前每隔三、兩個月回家，老爸見他一陣風來、一陣風去的看到又好像沒看到，愍忍不住地總要他見見這些新氣象。

實在不知怎麼跟老爸講這些。

汰舊換新，舊的不去，新的不來。世上哪有永遠留得住的物件，石頭砌造的金字塔、萬里長城都會風化、崩塌，何況這些尋常東西？時代早已改變了，新東西更便宜、更漂亮。這一屋子老東西留給誰？誰有這麼大廳在擺這些？至少新家就沒一處可放！

徐向前也不是沒和老爸說過，只是沒正式析解，略略一提，老爸聽到又彷佛沒聽到。

這一回，要不是北二高速公路從老家正中開過去，從路線測繪、協調會、土地徵收到通知領取補償費，讓老爸由懷疑、氣忿、病了一場到認命放棄，要他遷離老家，可八人大轎也抬不動他。

其實，早在老媽過世以後，徐向前也勸過他不知幾次，老房子破舊潮濕，最不適合怕風濕的老人獨居。大哥在加拿大溫哥華；二哥在美國太空中心，老媽過世前五年，回來替她做過一次七十大壽，在之後，誰知他們什麼時候才能回來看看？

徐向前自己台灣、中東兩頭跑，太太在經濟部上班，兩個小孩要上學、上才藝班，想回老家實在也分身乏術。台北說不上什麼好地方，但是在一起照應方便，有病痛上醫院也方便，免得一個人在老家叫苦叫痛沒人知道。

老爸去過徐向前在新店的第六個家，住一星期，成天掛個臉，叨叨唸。那房子是嫌小了些，出外也沒地方走動；但這回的新房子不同了，公寓三樓，五十六坪，隔了四房兩廳，三套衛浴設備，老爸想散步，離圓通寺也不遠；想種菜，也可以和頂樓人家打個商量。

新房子完工之前，徐向前專程回竹東把老爸載來參觀，讓他先熟悉新環境，隔間也讓他出主意，同時為北二高的計畫代交通部宣揚，無非要老爸識時務，認大體，歡喜甘願遷來中和南勢角。

實在搞不懂老人，說他們頑固、腦筋不清不楚，有時偏又機敏得很。一個月前帶小陳到老家「參觀」，他才踏上稻埕，老爸整個人就精神起來。徐向前介紹小陳是搬家公司的人，來估貨，看看需要幾部卡車，老爸抓著竹掃帚「嗯、唔」敷衍，把平日好客多禮的樣子全收了。

小陳在右護龍還沒走完，身上新染的「骨董家具商的氣味」就被老爸給聞出來，大聲說：「這些一件都不賣人的，全部都要搬去新家，你不用看這麼詳細，不用估價，我不跟你談這些！」就在兩人腳邊開始掃地。

「陳先生真的是來幫我們搬家的，他不會來買我們這些東西。我知道阿爸不會賣東西，沒阿爸允准，我怎敢找人來看？」

「要我搬去台北，命啦，可以！我說要載走的東西，一件都不能少。誰敢拿去變賣，雷公伯夯夯死！」

「沒有這些事情啦，也不是多麼貴重的東西，誰會拿去做買賣？」

「沒有最好，」老爸睜著兩眼，恨恨說道：「販子來看過幾次，糾糾纏纏，摸東摸西，看我拿掃帚還不走，要我放庫馬出來嚇他們，才走飛出去。」

戀著老瓦厝、戀著一屋子老物件和一條老狗庫馬，老爸真是人老心也老了。

老瓦厝再過不久即將拆毀掩埋，成為北二高的一段二十公尺路面，這不成問題；而一屋子舊物，卻傷了徐向前幾十天的腦筋。

小件的獎狀、獎章、族譜、相簿，勉強可以找個木箱子裝一裝，這也不成問題；但是做工中等的八腳眠床、太師椅、紅木衣櫥、老媽當年陪嫁的梳妝檯、青龍荷花缸這些笨重東西，猜想老爸是一件也捨不得丟棄，該怎麼辦？

這不是徐向前存心哄騙老爸，實在是不得已的事。

那次和小陳從竹東回來的路上，小陳搖頭說：「這是實際狀況，你老爸不搬也不行。那些舊家具，有幾件是百年歷史，其他大都六、七十年左右，不算精品，只能說還過得去。他要是堅持不放手，你最好別勉強他，要是弄僵了，他氣出病來，到時還是累到你。

「你家那條庫馬，十五、六歲了吧？身架鬆垮了，叫聲卻勇猛得很，你準備怎麼安排牠？也要一併考慮哦，牠能不能跟你們住公寓三樓？」

小陳代客搬家的紀錄，據說有四千次，類似情境或更棘手的場面都見過；徐向前聽他提過的怪事，有搬家同時分家產；推疊整齊的一卡車家具開到半途，客戶突然指示逕送垃圾場，連衣服和鍋盤碗都不要了；從櫃子裡扛出一具完整平躺的骸骨；上午搬入新宅，下午又來電話要遷出的……讓他來出主意，大概能想得周全些。

辦法在那天回來的半個月，才和小陳拿定。

不管要搬走的東西多少（取捨標準由老爸臨場決定），一樣是兩部一大、一小卡車。小件紀念品可集中裝箱，不占新家空間的，上小卡車運回去，其他物件體積超過六十立方公分，淨重超過兩公斤的，一律上大卡車。小陳看中的歸他（免費，這總不算買賣吧），沒用的由小陳全權處理掉。大卡車可以在泰山交流道脫隊，理由是機件故障，然後「永遠不要出現在老爸面前」。

等入宅完畢，一切造成事實，再由小陳出面解釋：綑綁裝載不良，卡車拖去修理途中，所有貨物翻覆，斷腳斷柄，支離破碎，並在垃圾場找尋一處類似現場，拍照為證。徐向前交一萬塊讓小陳給老爸當補償費，再以最誠懇的態度賠罪，其他人配合大量的勸慰，同時安撫老爸，再有別的，只好用時間來治癒了。

那條老狗，肯定是不能跟隨到公寓來，想來只有兩條路可以讓牠走：任其流浪或託養。這樣一條既老邁又兇猛的老狼狗，後臀還有一塊陳年老癬，誰肯收留？

這，再說吧！

老家的田園景色，不能說不美。三合院紅瓦厝坐落在水田間，背後是青竹叢聚的丘陵地，和順著稜線迤邐而去的茶叢。徐向前在這瓦厝整整住過十九年，正好現在年歲的一半，說是半點依戀都沒有，這是昧良心的話；但是人總要實際些，總要往好的看、往前看，不能老窩著一處不放。時光和其他的一切，總是向前，沒有迴後的。

車隊沿著平順的鄉道來到通往瓦厝的農路，徐向前遠遠望見老爸提著紅面鑲黑邊的喜籃，站在稻埕外的農路口，腰間靠了一把竹掃帚，似乎早早換穿了灰色新布衫，等候多時。

老爸做事，向來想得遠，一條農路，他貼錢、捐地，打造十輪卡車也能通過。有人笑他拿錢埋土，這一次搬家倒真派上用場。上次小陳來勘察路線，看這條農路都暗暗佩服。

汽車雷諾25轉進農路，小陳押陣的兩路搬家車緊緊尾隨，徐向前緊急煞車，差一點就造成連環車禍。

進入農路不到二十公尺，靠右側的路基坍陷了一塊，露出一窪涵管水道，雷諾25過不去，更別提兩部搬家車。徐向前的老爸提著喜籃眼睜睜地看，不出聲也不走出來。庫馬看見車子下來幾個人，從厝邊跳出來吠叫，守在稻埕外路口，越叫越響亮！

「阿爸，這路是怎麼啦？」

「壞了。田水不通，有人掘開來通。」

「是誰啦？車子不能過！」

老爸不吭氣，也不喊那庫馬停一停，任牠這樣叫。這坑窪就是鋪了木板，車子也過不了。小陳的兩撇濃眉擠成一撇，忽然又笑起來，「會不會是你老爸掘開的，存心教我們搬不了家？」

「沒有人會這樣，」徐向前涼了半載，「還好我們提早到，多費點氣力，多走一段路就是，難不倒的。」

卡車司機搖頭，擺了兩張臭臉，將車子退出去。一列車隊回到鄉道，徐向前大步走，帶頭走回瓦厝老家，他大喊一聲：「庫馬！」那條老狗還知收斂，訕訕地，但不走，靠在老爸腿邊，鼻子對竹掃帚和喜籃輪番聞嗅。

老爸沒等和人照面，拎了喜籃就走，走回老家。

「我剛拜土地公回來，給祂照顧八十一年，要走，也要去感謝，告辭。」

徐向前不作聲，看稻埕給清掃得無一梗一葉，瓦厝在晨光中顯得清爽乾淨，心頭怔了一下。

高二那年暑假，第一次出門，參加青年自強戰鬥營，離家不到十天，卻想家想得厲害；結訓那天，颱風還沒走，一心想趕回來。火車被困在彰化，挨了一夜，半醒半睡，想得都是紅瓦鱗屋頂有沒有漏水？有沒有給風掀開？那時，大哥已出國；二哥在軍中，阿爸和阿母慌張打理一群雞、鴨、鵝和幾十頭豬，怎忙得過來？停電了，少個人手提油燈，會不會有人在濕黏的鴨母寮滑倒？

第二天一早趕回家，看到的卻也是這樣清爽乾淨的一幢瓦厝三合院。藍天晨光下，被風洗過的稻埕，也是無一梗一葉。一直看，一直跑，跑回稻埕時喘不停，竟站著不動，放聲大哭。驚動了阿爸和阿母，以為出了什麼事，讓阿母在手上、腿上捏按檢查，自己是一句話也說不上來。那年，都已經十七歲的人了。

「牲禮都準備好，擺在神案，就剩我們兩人拜，」老爸放慢腳步，肩背也駝了下來，他說：「我這一搬走，將來你大兄、二兄更不回來了，回來，也找沒所在。」

「阿爸，我們去的新家，交通更方便，更好找。」

小陳和兩個司機在門檻外坐，庫馬這一回倒又不吠叫了，和他們並排蹲坐，監視他們的行動。小陳舉手掌讓牠聞嗅，庫馬湊近鼻子，竟肯讓小陳幫牠搔鼻梁。

「你先去洗手，我們燒香拜拜。」看來老爸是幾天沒睡好，嗓子都沙啞了；他抓了整整一把香炷，劃火點香，沒看徐向前一眼。

老家真安靜，是檀香飄浮在竹濤和鳥啼間的寧靜。徐向前繞到廚房洗手，看窗外後院的手搖幫浦頂上歇著一隻白頭翁，是不畏人或沒發現徐向前，自顧舉起一爪讓尖喙啄咬。

水龍頭開著，水嘩嘩流，徐向前看得入神，看白頭翁、看幫浦的長木桿、看幫浦下一方平整的浣衣石，老爸從神門廳持一把煙蓬蓬的香炷走來，都沒察覺。老爸探頭看了看他，白頭翁振翅驚飛。

「你找那荷花缸？」老爸問道：「我已經先搬出來了。」

徐向前趕緊將水龍頭關緊，雙手在腿側拍拍，接過老爸的香炷。老爸說：「那口幫浦，實在比自來水甘甜，沒有藥水味，大家偏要我用自來水，你阿母在生時，還是甘願在幫浦下洗衫褲。那一缸荷花，也只有她養得起來。她自嫁到我們徐家，五十幾冬，那缸荷花年年開，換到我手裡，就不行了。」

徐向前記得，有一回和同學到前庄的吳家偷摘蓮霧，從樹邊的籬笆摔下，右手肘擦破皮、瘀血，躡步回家，不敢告訴阿母，躲在幫浦下清洗傷口。直到吃晚飯，端碗異樣，才被阿母知道。

阿母氣他兩件事：一是小孩作賊，偷摘人家的蓮霧，再是受傷不說，要是手斷腐爛怎麼辦？所以罰他在幫浦下跪。阿爸不敢來勸圍，薰了一把稻草幫他趕蚊子，趕了蚊子，卻也薰得徐向前咳嗽流淚。

香柱煙蓬蓬，仍可見神案給擦拭得晶瑩光潔。徐向前侍立一旁，聽老爸祭告祖先，喃喃噥噥，說了好一陣子。

北上讀大學、當兵、做事，偶爾回來，老爸總要他上香祭告祖先，也是這樣說些祈福求安的話，徐向前有時不耐；有時也誠心祝禱。那些誠心時刻，想來竟都是最失意徬徨的關頭，拖著心傷或身傷回家，是功課被當、失戀、公司裁員、跳票，或第一次到中東接訂單的前夕，無處可投訴；無人能助援，想到回家。

「這神案的桌面是整塊樟木裁切的，阿爸六歲那年，你阿公請前庄的福州木匠釘做，花飾不是很多，但也實在牢固，蟲不蛀，不變形，」老爸在太師椅端坐，說：「這張桌面，有你阿祖、阿公、阿嬤、阿母拂拭過，每一塊都有他們的手印。你還記得有一年地震，我們全家和你阿公躲在神案下的事嘜？」

有這回事嗎？徐向前沒印象。

「哦，不對，那時你還未出世，是你大兄和二兄，你二兄驚嚇得一直哭，聽屋頂支拐響，香爐和燭台乒乓叫，怕會砸落下來，你阿媽摟著他；後來才知道，你二兄不是嚇哭，是給摟得太緊，肩膀和手臂給摟痲了。」老爸說。

「這件事，給笑了好幾年，連前庄的人都知道。那年，你二兄大約四、五歲吧，不知他現在還記不記得？」

這樟木神案和方桌結成一組，神案沒八尺也有七尺寬，將方桌拉出來一擺，再大的客廳也顯小了，這組桌案肯定是不能搬入新家的。阿爸不知道淑芬信基督教，堅持不舉香拜拜，再說，在都市裡還有幾家供奉這些？這肯定是搬不進去的。

小陳在門檻外問：「阿伯，時間差不多了，是不是要開始搬？」

老爸的語氣異常溫和，彷彿沉浸在地震笑談，還沒轉神。他站起來，看看木牆上的直式老鐘，說；「可以了，勞煩你們跑一趟來。所有物件我都擦乾淨了，哪些該搬，哪些不該搬，都聽向前的，你聽他的意思。」

徐向前一聽這話，左右觀望，看老爸，看小陳。

老爸說：「我只提那個喜籃。其他的，隨在你們。」

徐向前跨出門檻，向右護龍走去，小陳和搬運司機跟著他。右護龍的三扇門，全敞開，門框的春聯彷彿新貼一般。年年除夕，老爸總是親自執筆，一寫就是九副春聯，外加「春」、「福」、「滿」、「六畜興旺」那些斗方；初一清早，發動三兄弟幫忙張貼，塗漿糊，看正斜，一屋子貼完，再出外行春拜年。

去年波斯灣戰爭，人在約旦回不來，淑芬心神散亂，也沒帶孩子回竹東，不知老爸找誰幫忙，將門聯貼得這樣工整，一屋子貼下來，恐怕少不了一小時。

稻埕外的水田，有三隻蒼鷺漫行。小陳沒事也愛賞鳥，一眼看見，「這是冬候鳥，這什麼時候了還不回去？」又說：「冬候鳥的生命力最強韌、機警、能覓食、續飛力最好，到現在還不回去，大概也變成留鳥了。一旦牠們成了留鳥，守著一處不走，能力就削弱，將來想飛也飛不走。」

「搬吧，照原計畫搬，」徐向前說道：「給我一副手套，我也一齊來！」

「我覺得你老爸今天不太一樣。」

「照原計畫搬。」

老爸將三合院九扇門一一推到極開，老狗庫馬跟著他，一扇扇去巡視。兩個搬運司機一組，徐向前和小陳一組。所有要搬走的物件，徐向前和小陳都用粉筆做了記號，寫「大」、「小」，沒給粉筆點上的，不走。

獎狀那些文件資料、小徽章之類的紀念品，老爸早裝在木箱裡，木箱的體積、重量超過標準，徐向前破例也寫了「小」字。老爸一人在神明廳，緩緩收了方桌上的祭品，集中在漆木盤，用花布巾包裹起來。

將電源總開關切掉，收下公媽牌和香爐，放進喜籃，公媽牌太高，頂著籃蓋，像頂了太大的斗笠，搖搖晃晃；找束紅色塑膠繩綑綁住。兩個搬運司機都是經驗豐富的人，在各厝間轉一圈，心裡便有數，知道哪些該先扛，哪些要後上，說：「這哪用得著兩部車？一部大卡車也裝不滿。」

「冰箱、電視和瓦斯爐，我答應送給前庄的文彪，他們工寮正缺這些，瓦斯筒也拿去，庫馬也給他們帶去顧工寮，」

老爸抽菸，坐在左護龍簷下那口洗刷乾淨的青龍荷花缸旁，庫馬挺身蹲坐，緊挨著老爸。

「他們今天沒時間來帶，鑰匙在前兩天就交給他們了。他們不嫌庫馬老。庫馬，你去到工寮，要聽人家的話，眼睛亮一點，耳朵利一點，知道嘸？」

司機合扛方桌和神案，舉重若輕，動作快，迴轉之間也不牴觸碰撞。那張方桌扛到稻埕，在晨光之下閃爍鏡般的光澤，小陳交代司機：「上車後，四角用棉被塞緊，桌面蓋一蓋，七、八十年沒給日曬的老漆，不禁曬。連木頭都會反。」

長型神案也上大卡車。

徐向前和小陳各舉一張太師椅，頂在頭上，一行四人，進進出出將家具往外搬，走在筆直而無遮擋的農路，卻沒人來圍看，無人問一聲。或許「搬出」在這裡已被見慣，而相隔一方稻田的老鄰居，早已撤搬一空。

小陳說：「這樟木神案截短四腳，不出半個月就能脫手，有人喜歡擺在榻榻米上當茶几。上次在三峽接收的那張神案，放在店裡兩天，被一個小姐看上，搬回家擺化妝品，瓶瓶罐罐，至少可以擺一百瓶。」又問徐向前：「剛才我看茶几下有個竹編的烤手火籠，體積和重量都合篩選標準，沒點記號，你不帶走嗎？」

「合標準就可以，等一下問我老爸，看他要不要？」

「廚房牆上還有一組竹編蒸籠，舊些；但維修得很好，不帶走，可惜；帶走，又不知誰要。有一回到淡水搬家，一個老太婆堅持要把舊蒸籠搬走，和她兒子吵翻臉，她說：『舊柴好燒火，舊蒸籠好炊粿』，被她兒子一頓罵，罵她這年頭誰還燒火、炊粿？把她罵得要去跳河。」

小陳忽然說道：「那隻庫馬送我好了！反正還有車位。」

「牠年紀不小了，你要？跟我老爸問問看。」

搬運司機的估量沒錯，所有物件不必推疊，一部卡車都還寬鬆。老媽陪嫁的梳妝檯高高擱在卡車上，這該也是它五十多年前跟隨娶親隊伍入門到徐家，第二次見到天日。附有面盆架的梳妝檯，橢圓鏡面的水銀剝落已久；勤儉成癖的老媽卻不肯換去，好像一換去，斑駁鏡裡她曾經年輕的容顏，再也憶想不起。

徐向前記得那單層抽屜有個暗格，老媽曾從那裡掏補習費給他，這暗格裡會不會還藏些什麼？

小陳回稻埕向老爸問話。兩個搬家司機已回駕駛台就坐。徐向前爬上卡車，將那單層抽屜拉開，抽屜裡放一朵小小的紅綢喜花，是老媽每年春節簪插在髮髻上的。徐向前伸手到暗格摸索，一疊紙，摺疊整齊的幾張紅紙。

徐向前在高高的卡車上展開紅紙，第一張赫然是他自己的流年命盤，遭蟲蛀咬的紅紙，紙色已淡，墨跡仍濃，筆跡潦草，唯有命相日期清晰，推算正是他滿月那天。

四張紅紙，分別是他和大兄、二兄以及老爸的命盤，獨獨遺漏了老媽自己的。

老媽操勞一生，再也無人比她更知命，所以她不必批？

這抽屜的木紐給老媽手指磨搓如玉的潤澤，是她開開關關，提存那些在艱苦歲月積攢的一元、五角？如沙礪粗糙的手指，才能磨搓木石為金玉？梳妝檯斑駁的鏡面，不是她不在意，其實為除生活塵霜，她無暇端坐鏡前梳理自己，終生素面示人，所以鏡面如何都無礙？

徐向前將一疊紅紙放入口袋，那朵紅綢喜花也收下。居高臨下，看乍然低矮了的三合院瓦厝，想一座百年老家也不過挑選這一卡車不滿的物件。看延續了四代人的青春和衰頹的瓦厝下，有許多記得和更多不記得的故事，而是否終將被遺忘？看留與不留的物件，也不知誰叫幸運。

看終生守著瓦厝的老爸，這次迎接他到台北，對老爸來說是離別亦是團聚？想老爸的憤怒堅持轉而溫和妥協，他不肯說明的心情，料是無奈居多吧。

搬運司機鳴按喇叭催促；小陳在瓦厝簷下向徐向前招手，徐向前跳落卡車，奔跑過去。

庫馬的繫頸皮環在小陳手上，牠乖乖讓小陳牽著。老爸除了提喜籃，另一手橫抱那個兩日上一次發條的直式老鐘。

「阿伯要我問你，這個鐘能不能上車？」小陳問道。

「阿爸，你想帶就帶吧。」老爸這溫和近似謙卑，徐向前只覺得陌生，心有搐動，「這荷花缸，你也想帶走吧？」

老爸仰看徐向前，不作聲。

徐向前將老爸提抱的喜籃和老鐘接過去，放進荷花缸內，要小陳把庫馬交給老爸牽，與小陳合力提起荷花缸，直往卡車走去。

老爸愣了好一下子，才拔腿蹬蹬跟上。

等在農路外的兩部卡車，喇叭亂響一氣，等到老先生在大稻埕口點響一串鞭炮，才歇止。這串突來的喬遷喜炮，讓在前的小陳和徐向前都嚇一跳，回頭看見那三隻在水田漫走的蒼鷺，驚飛而起。受了驚嚇的庫馬，拖著老爸超越而過。

回程這一路，若無意外耽擱，肯定可以趕上午時回中和新家遷入；但徐向前隱隱憂懼老爸的異樣，不知半途要出什麼狀況？

原來密密麻麻寫了一張紙的「移出須知」，老爸不再講究，隨人搬，任人走，等到車隊開動，又堅持不坐雷諾25。喜籃和老鐘隨身提抱著，一定要去和小陳同坐卡車。告訴他轎車坐起來舒服些，老爸不聽，也不吭聲，就這樣和人擠著押車。

其實，這一路到中和，父子倆可以談些話的。徐向前記憶裡，這輩子似乎不曾和老爸並肩而坐，單獨交談超過半小時，在這搬遷的時刻，老爸將這可能唯一的機會也取消。

人，總要理智一點，才能向前走吧？

老爸顛沛一生，到南洋充軍，到林場伐木，也去過溪床墾荒；但他還是戀著老家不放的人，所以像一顆生苔的石頭，一輩子只能在田園耕讀。但是，耕讀的時代早早已過去，他卻渾然不覺，注定要在急急向前躍進的新時代，做個只能回顧過往的邊緣人，到頭來，老爸是什麼也挽留不住，只有兩手空空。

原計畫雷諾25載著老爸直奔新家，讓大卡車在泰山收費站脫隊。現在，這麼一來，也無所謂誰先誰後，大卡車上的老家具，讓小陳自己看著辦，怎麼把老爸矇過去，是他的本事。徐向前尾隨卡車，變成自己押陣，只求一路平安。

車隊通過泰山收費站，大卡車的方向燈左右閃爍。小陳探頭出來，揮手示意，要小卡車和雷諾25向路肩停靠。

老爸先下車，還捨不得放下那隻紅面鑲黑框的竹編喜籃和那個直式老鐘，在護欄邊站著。小陳過來找徐向前：

「你老爸說這兩卡車東西全部載去垃圾場燒掉。邊說邊掉淚，好像是講真的，你看怎麼辦？」

「他這麼說？」徐向前仔細看兩部車外的老爸，看來又還好，「既然想燒掉，何必還費工夫這樣搬出搬上，你有沒聽錯？」

「他說他知道你心裡的意思，你肯挑這麼多上車，他已經滿意了。他只是不忍所有東西都被土埋掉，既然你挑出來，找個地方燒一燒，就算燒還給你家祖先。你大哥、二哥不在台灣，有你見證也可以了。」

「我老爸這樣說？」徐向前開口，給風嗆了一下，聲音哽咽，自己聽了也嚇一跳。走向前去，叫道：「阿爸！」

「你老爸說得很當真哦，怎麼辦？」小陳追過來：「他還自備了火柴和煤油。」

「阿爸！」

「向前，燒一燒，用不了多少時間，我們現在就去。」老爸提喜籃，緊抱老鐘，說：「阿爸只要求你讓我把這兩項和那口荷花缸留下來，它們不太占地方，好嗎？」

「阿爸！」徐向前開口，給風嗆了一下，吞嚥口水，竟把一些話也吞下去。

「你這個朋友，做人不錯，肯收留我們家庫馬，肯這樣細緻搬運我們家的物件，我很感謝。」

繫綁在卡車上的庫馬，探頭往下看。趁老爸仰頭看庫馬，徐向前奪下拎在老爸右手提的一瓶煤油和火柴。老爸慌張問道：「怎麼樣?不可以?」

徐向前半跑半走，回到雷諾25，用力將車門關上。揮手向搬運司機示意，開車。卡車沒動，老爸也仍在路肩護欄邊，卻把小陳招了來。

小陳的半個身子探進雷諾25，問道：「你怎麼打算?」

「我老爸要的三件東西，一件不能丟。照原計畫，小卡車直開中和南勢角，大卡車開去你天母的店，」徐向前給風嗆了兩次，彷彿喉嚨嗆瘂了，「那些老家具，請你整修，一件都不要脫手，你代保管，我會付房租金，有空，我會帶老爸去看。至少，他在世時，一件都不能賣掉，多謝你照顧庫馬。」

「你怎麼了？」小陳的半身，緩緩退出車門，說：「你要我去告訴你老爸，對不對？」

徐向前直視前方，點頭。按鈕，窗玻璃緩緩關閉。

老爸向著雷諾25看過來，聽小陳比手劃腳對他說話。泰山收費站的廣場也太大了，難怪這樣招風。風，把瘦削的老爸吹得搖晃，老爸將紅面黑框的竹編喜籃高高舉起，舉得那樣高，彷彿怕徐向前沒看見，好像也忘了籃裡的公媽牌和香爐會給傾斜。

徐向前看錶，十點半，這一路去，若無堵塞，肯定是可以趕上入宅的吉時。

恭喜發財

真的，我沒有喝醉。你不能看我在候車室過一夜，就把我跟那些醉酒的流浪漢聯想在一起。好吧，你說我的臉紅得像發春的猴屁股，這個我不否認，我的座椅前有一片落地大鏡，我在第一排，看得很清楚，從眉毛以下紅到咽喉對不對？我承認我的太陽穴還在隱隱作痛；我也承認我的酒精負荷量有待訓練，但酒是前天晚上喝的，這麼熱的天氣，就算倒一大碗擺在桌上，也該蒸發乾了。

我們的確開了半打金門高粱，六個人喝，都是同梯次退伍的夥伴。你也知道男人一起喝酒是什麼狀況，從六點到九點，我們足足有兩小時在爭論喝半杯、三分之二杯、乾杯和夠意思、不夠意思的問題，餘下的划拳、敲碗唱歌，再吹一點點各人前途的牛皮。

我從陳恭喜那裡學來的深呼吸、故作辛辣狀、打酒嗝，一一都派上用場了，你知道麼，所以我真正喝不到一杯，一杯高粱會醉人麼。

你們都愛說笑，昨天在醫院，陳恭喜和護士小姐還有那個語音特殊的原住民女孩也一樣，就連那個我定睛看得非常分明的灰黑影子也這樣對待我，用一種嫌惡、寬容、看戲的趣味、不設防綜合的神情和我交談。你要是認真這樣想，那也只好隨你。

昨天早上，輔導長親自下艙，把退伍令拿到我的吊鋪來。他說：「羅有田，你趕快回家種田吧，不要再睡了。」其他五個人真的是醉昏了，我沒等他們，扛著水兵袋跳下床，一路奔來高雄火車站。

你想都想不到，我們那個老鄰居陳恭喜（我一直叫他陳老師，他也喜歡人家這樣叫他），居然攔在火車站大門口，向我招手。

我真服了這個人，他脖子下那串計算機項鍊不是白掛的，他算準我這天退伍，連我到車站的時間都給抓到。他說：「阿地，有好消息，你不要回家，跟我去澎湖一趟。台澎輪九點半開船，船票代你先買好了。」

他在我們那個土地徵收協調會的第二天就幫我改了名字，喊我羅有地。他說有田有什麼用，有建地才能出脫，以後他一直都這樣喊我。

他壓低嗓子告訴我：「這次是穩賺的。我得到一個消息，香港收回去以後，澎湖就要變成會親中心，大陸和台灣的親人要見面都要到這裡來。你知道澎湖一坪地多少錢麼？七十塊，我們去買它個一千坪，嘿嘿，將來找人投資蓋一棟食衣住行育樂都有的綜合會親大樓，你說會漲幾倍？一千倍都不止。」

其實我不應該太高興，我聽過他太多的好消息，穩賺的，到頭來累得半死只撈到一個便當。但是他那樣興奮（也就是眼珠子放出光芒），這當頭我能說不麼？人窮志短，我看一點也沒錯，三年水兵只學會拖甲板的工夫。

前一晚夥伴們吹牛皮，我是半句也沒吭，想來想去，只有再回我那個凍霜的老東家鵝媽媽送便當，還能怎麼樣？

「你喝酒了？」陳恭喜的手在我鼻前揮搧。

他說：「免煩惱啦，我請你喝檸檬汁解酒。」依照他的說法，老兵退伍灌得醉茫茫，歡送的意思有，八成是看前程茫茫借酒澆愁。

我們就在鐵路餐廳喝檸檬汁，陳恭喜忽然從他那件摺袖的西裝外套掏出一疊照片遞給我（本來我以為他只有這件白色外套，才一年四季都穿；但他說這是形象，這樣才能給人留下深刻印象）。

起先我看照片也不在意。一大片的草地種幾棵苦苓樹；一大片的草地擺幾張石椅；一大片的草地夾一條筆直的柏油路；一大片的草地放著足球門，連個人影或一條狗也沒有。

直到陳恭喜看不過去了，罵我：「阿地，你這對眼睛真鈍，足球門的位置就是你老家。羅東那座五十甲的運動公園已經落成了，你真實不知？」

就在這時候，我看見一身灰黑的影子輕飄飄從箱型冷氣機裡面飄出來，穿過幾排桌椅，來到陳恭喜的身後停住；拜託你不要說我醉眼生幻象，我看得很清楚。你問我怕不怕？我說不怕，真的不怕，好像看見我的親人、我的好朋友或是看到我自己的影子那樣，我怕什麼？

「阿地，你的眼珠怎麼吊吊，酒氣又發作是不是？」陳恭喜笑說：「那些田埂推平、填沙、埋管又覆土，我以為會變出什麼花樣？誰知道全種了鐵釘草和苦苓樹。

「嘿，其實也不錯啦，從照片看來很像稻苗是不是？我告訴你，那附近的地，漲了至少一百倍。我這次回去拍幾張做紀念，自己沒撈到好處，連田土都沒賣成；但是造福人群也是一樁功德，你說是不是？阿地，你有沒有在聽我講話？」

那灰黑影子移到陳恭喜的座旁，一把將他那杯檸檬汁打翻；陳恭喜被濺得一身，著火般跳起來：「是不是地震？怎麼沒風、沒搖、杯子也會倒！」

這可以證明我看到的不是醉眼幻象吧？那灰黑影子還說話了：「你真逍遙自在，賣了祖公肉四處去晃蕩，我看你能快樂到幾時？」

你問我那是誰的聲音？我實在不確定，到現在也不確定。我不敢說這聲音我曾經聽過，粗啞宏聲是個元氣不錯的老人聲，老人的聲音其實聽來都差不多。我看你也不用猜了，只要相信我沒醉，相信那個灰黑影子這樣整整跟了我大半天就行了。真的。

這件事我在當時就告訴陳恭喜了，他當然笑我酒醉。

說他完全不相信也未必，要不然他從開刀房出來，看到那個原住民女孩送我的紅包，也不會說：「恭喜發財，你今天是雙喜臨門。光天白日看到黑影白影，這是福氣，趕快去買一張愛國獎券。」

之前他因為不相信，但沒多久臉色突然翻白，抱著腹肚喊痛。這未免巧合了。

是我送陳恭喜到醫院的。

那個灰黑影子又再出現，在陳恭喜從急診室嗯嗯呻吟被運出來時；我從走廊座椅起身，看見他從陳恭喜躺著的輪床底下鑽出來，就伏在床緣，按陳恭喜的腹肚：「你的胃口不是一向很好嚜？怎麼會出血？」痛得他雙手擋護，膝蓋都弓起來了。

你說奇不奇怪，我居然看得心底暗笑，沒想去攔阻。護士小姐的嘴角以菱角上揚的角度向我微笑，說：「陳先生的胃出血，需要開刀，他同意馬上送手術房。你是他的朋友？」

這是第一次在醫院有人問我，他是不是我的朋友？我沒有回答。

跟隨輪床穿過長長的甬道。陳恭喜把他脖子上那串計算機項鍊解下給我，想想，把手錶也脫下來；又想想，要我幫他把那雙英國製休閒鞋也拔掉。在床頭床尾隨處坐的灰黑影子，放聲說：「人死留名，虎死留皮，你留這些何用？」

顯然護士小姐沒看見這黑影，要不她會嚇死。因為她看陳恭喜這樣交代物件，忽然將輪床停住，不敢推：「先生，這是很不吉利的。」然後急轉身，用兩指塞住鼻孔，對我說：「你喝了多少酒？怎麼這樣嗆人。」

我真佩服這護士，她塞住鼻孔，還能保持微笑的菱角嘴不變型。我不是故意的，我是忍不住笑出來，因為她又說：「你有沒有醉？」我笑得陳恭喜停止呻吟，仰起半個身，很勇健的樣子；我把護士小姐的問話聽成「你有沒有罪？」

大概我笑得太過分了，甬道兩旁的幾扇門裡，病人都開門伸出頭來；醫院哪裡是笑的地方？我強壓煞住，更糟糕的是逆了氣，就從那甬道一直打嗝，打到原住民女孩把紅包遞給我才歇止。

護士說：「沒錯吧，打酒嗝了。」陳恭喜說：「在船上當米蟲，打飽嗝。」

不管他們是不是當真說的，反正他們都沒猜對，這是氣嗝，生氣的氣，你不要問我氣什麼，我實在說不清楚。

我推著陳恭喜的輪床出了甬道，來到白花花的水泥方塊廣場，那灰黑影子暫時又消失不見。護士小姐說：「五樓。」她領著我們往手術大樓滑去。

床輪會在電梯裡壓到那原住民女孩的腳尖，這都是大樓前那個長斜坡惹的禍。我不用力，行麼？你來推推看，輪床上躺個人，不容易的。我叫陳恭喜抓牢鐵桿，我快跑急衝，把輪床推到坡頂，正巧那電梯門開啟，走進去一個女孩，我怎麼煞車？一扭一拽，就那樣把輪床送進了電梯。要不是壓了人，這是很漂亮的動作。

護士小姐一路追趕，氣喘吁吁追進電梯時，那女孩驚叫聲只餘一絲回音。她實在很精明，看現場狀況便知道肇事原因，偏偏她又說：「先生，你到底有沒有罪？」這簡直存心逗我發笑。

這時候發笑令人奇怪；但是護士小姐聽到我的嗝聲，好像替我計數的模樣，這也不像個護士了。刮骨剜肉的場面她都該見過，我這嗝聲哪一音罕聽，值得她這樣觀察？

「喝幾口酒，打幾聲酒嗝，這是一定的。」她這樣說。

起先，我還懷疑那原住民女孩真給床輪壓到一下？她睜著一對暗黑的大眼，身體貼在電梯角落，兩手握拳抵在下巴，我看她掌心露出兩頭紅紙，她直愣愣望著我。換了別個女孩，我不給罵了？她的神情有驚慌、無靠、睡眠不足和一點點疼痛組合成的疲倦失神；只是沒有責備我的意思。

我不是馬後炮，事過後才猜得這麼準，在當時，我真是這樣覺得。她穿一身滿街都是的寬鬆少女裝，就是那種男人襯衫掏出衣襬，長裙不露小腿的打扮，誰會知道她是做那一行的？這一行的女孩，哪個在白天看來會是精神充沛？

在電梯裡，護士小姐也發現她手握的紅包，她一連看了幾眼，似乎忍不住了，問她：「你是探病的？哪一科病房？」

女孩搖頭，眼睛仍然直直看著我。你不知那護士的表情有多絕，她循著女孩的眼光找到我，迅速掃瞄兩次，好像我和女孩來相親，她是介紹人之類的。

「你們以前就認識了？」女孩沒點頭也沒搖頭，把眼光收回，換看躺在電梯中，看得忘了呻吟的陳恭喜。

「好了，五樓到了，」護士小姐把輪床拉出去，回頭對女孩說：「請你把紅包收好，本院不收這個的。這麼明顯，哪個醫生敢收？」

這護士一定被我的酒氣熏暈了，她怎麼知道紅包給醫生的，人家又沒說，對不對？不過這倒讓陳恭喜緊張，拉我過去，湊著耳朵：「這個你要幫我打點好。」

你知道麼？我的反應真好，馬上掏皮夾把那兩張支票亮出來，陳恭喜一看，慘叫一聲：「阿地啊——我的命休了。」他簡直像見了催命符，笑死人。你不要說我殘忍，我也不知道是不是故意的，我就這樣自然的拿出來。

那灰黑影子再出現，是我送陳恭喜到手術房門外，被雙扇的彈簧門搧出來的怪氣味嗆到時，那灰黑影子安安穩穩坐在大廳第五排居中的塑膠椅上。那女孩也跟出來，像百貨公司在電梯口的迎門小姐，對著我看。

我當時真嚇一跳，原因有兩點：

一、那手術房外的大廳實在大得離譜，九排塑膠椅還占不到半間，幹嘛闢這麼大的等候室呢？擺這麼多椅子，四壁塗那種冷清清的稻秧色，又開那麼強的冷氣，而偏偏只有我和女孩和那灰黑影子在場。我覺得來到什麼不該來的地方。

二、女孩暗黑的大眼睛直直望著我，不露小腿的長裙給冷氣拂來盪去。她一身白衣，雙手交疊放在小腹，只露出兩頭紅的紅包袋。你有沒聽過醫院的陰氣重？我就是這個意思，以為是被糾纏的什麼的。

人家說當兵可以練膽識，就是臨危不亂，處變不驚，是有些道理。我心裡覺得毛毛的，不過沒有被嚇倒，清痰咳一大聲，問女孩是不是有事找我？

猜猜她怎麼說？

她輕飄飄向我走過來，腳步不太穩的樣子，說：「我可以在這裡休息一下嚒？」

她走到第一排座椅，卻又沉重坐下，看著彈簧門邊那面大鏡，說道：「我在這裡找好久了，找不到那個人。電梯的空氣不好，我頭暈；但是我腿很痠，爬不動樓梯，昨天晚上我沒有睡覺，我，想把這個還給那個客人。」

她的腔調很特別，像洋修女說國語，每個字都很標準；但聽整句就有特殊的韻律感，大概這就是原住民腔，很好聽。

我說過，她實在很坦白，坦白的讓我一下子不能適應。那灰黑影子一直看著我（我知道，真的），看我走走走，一直走到第九排靠牆的座位。

我幹嘛躲到最後一排呢？我也不知道。

當我坐下後，發生了兩件好笑的事，我居然問她：「你要找的病患，是你家的客人嚒？」

女孩從鏡裡看我，老實說：「我的客人，是第一個客人。」

我看彈簧門邊那面落地大鏡，有半面牆那麼大，比候車室的還大，四平八穩擺著。我想，這地方何需這種大鏡？我想，她的第一個客人是什麼意思？你說我多純潔，純潔得像一張衛生紙。

是誰把這麼誇張的大鏡放在手術房門外？難道讓病患親友坐在這裡對看自己的尊容？少有大鏡不扭曲變形的，眼前的鏡影更是走樣的厲害。看什麼？難道讓送去開刀的人先望望自己多難看，有幸出來後，再整肅儀容，檢查少了或多了哪一塊？

女孩手上的紅包在鏡裡被拉成一條春聯紙，我總算想通了，這是她第一次接客的紅包！

我不是故意的，我又忍不住笑出聲。女孩回頭看我，居然也微笑，倒是那灰黑影子沒動分毫。

「先生，你的笑聲很像我哥哥，他喝完酒都是這樣笑。」女孩說道：「他知道我在高雄做這種事，一定會罵我。先生，你會笑我嚒？」

我根本不知怎麼回答她，我們不相識嘛。

「我不知道店裡的大姊要我出場，到旅館是做那種事，」你聽她怎麼對我說：「那個沒頭髮的中年先生一直對我說好聽的話，我很怕，他拉我的棉被，越拉越用力，我趕快抱枕頭，一直抱到天亮。那中年先生很生氣，要打我。」我知道她沒哭，但是聲音怪怪的，「他把我拖到地板……我很痛……我很怕……我不是故意的，我把他的舌頭咬斷了。」

照理說，我吃一驚，那嗝聲應該會停止，卻沒有，反而打得更響。

我問她：「他就跑來這家醫院？」

「我也不知道，」女孩說道：「紅包放在床上，我要拿來還他，他就不見了。」

她根本不知那個客人逃去哪裡，要陪她去護理站詢問，她又不肯，一早就這樣在電梯裡坐上坐下，這女孩不是普通的奇怪吧？

老實說，我和那女孩並不相識，我從來沒去過她說的那家冰菓室，雖然我到過她們南澳金洋村，但是那裡的人我一個也不認識，她會把她的事情統統告訴我，好像我是生命線的人或是張老師什麼的，這就奇怪了。

哈，奇怪麼？其實我自己更怪。明知道和人家不相識，卻也把自己的事情一樁一樁提出來說，好像她是我遠房的表妹，兩人在異地相逢，說著便剖腹相見。是不是我真有幾分醉？

我真的沒有醉，我不是黑白講的。從來沒人親口告訴我這種事，而且是個陌生的女孩。（是不是因為我們陌生，她才敢這樣坦白？還是她對著看不清的大鏡才這樣講？就像現在，我對著鏡子什麼話也敢講。）當時我大概有些感動，你知道，我不是個殘忍的人了吧。

當她老實告訴我她住在金洋村，我更吃驚，她的家鄉離我們羅東只隔一座隧道呀，她又告訴我她的名字（我相信那是她的真實姓名，我要為她保密，我答應的，不能告訴你），於是我把自己的名字，我住的地方也一一說了。

她老是提她哥哥，「我哥哥長得跟你很像，他曾經在羅東開卡車，後來出車禍，有內傷，就回家去水泥廠看大門。我老家的香菇寮和木瓜園都已經變成水泥廠了。」

賣便當的年輕人抱著紙箱從電梯走出來時，我招手買了兩盒。

那年輕人真多嘴，找錢時說：「怎麼離這麼遠，冤家是不？」

我又要一盒，教他放在第五排給那灰黑影子，他又問：「開刀的人要打點滴，能吃便當嚒？」他這種雞婆性子，和我當年是半斤八兩！

怎麼說？我當年要不是那樣雞婆，也不會和陳恭喜扯個沒完。這種性子很麻煩的，當事人都不知。

女孩問說陳恭喜是不是我朋友？這怎麼說？我還是他的債主咧。那兩張不兌現的支票就是證據。

我服役前一年的新年初五，我們那凍霜仔老闆派我去中正堂送便當，到的時候，已經是天黑的六點，石階下只有兩隻流浪狗縮在那裡。

這哪像卡拉ＯＫ愛心演唱會就要開場？我以為又是有人開這種無聊的玩笑，正要走，看見一個穿白色摺袖西裝外套的人，領著一群塗抹著紅白綠臉孔的男女走來。他順手接去我的十二盒便當，掏出支票簿開一張給我，六百元。

我們老闆古早交代過，就算總統府都一樣，沒給現金，就把便當帶回來。

這我當然記得，但是便當已被提走，又發了，我能搶回來麼？何況那些大卡司的歌星看來都那樣餓（大卡司是陳恭喜說的）。

「你是有愛心的人，看樣子就知道，」女孩大概有好幾餐沒吃，她解便當的動作比我慢，卻吃得比我更有滋味。我不是笑她，我喜歡看人認真吃飯。她問我：「店裡的大姊也說我們是大卡司，是不是壞話？」

你說這是好還是壞呢？這金洋村的女孩太純潔了，純潔得像一張衛生紙！我對那灰黑影子說：「我還有一個便當給你，不要客氣。」我不怕，還請它吃飯，說來沒人相信。

女孩很感激的樣子，她說：「我一個就夠了，謝謝。瑪利亞會保護你。」她以為我對她說話。算了，她真知道，一定會嚇壞。

當時我拿了支票愣在石階下，陳恭喜邀我進去聽歌，我怎麼敢？店裡還有事。

陳恭喜聽說我要走，他趕緊從口袋又掏出一捲錄音帶：「正好，你回去的路上在羅東街頭幫我放一放，喚醒大家的愛心。」

你不要笑，我答應了，趕回家提錄音機，到冷清清的街頭幫他的卡拉ＯＫ愛心演唱會打宣傳（平日，羅東是很熱鬧的；過年，反而人都不見了）。他又開一張支票給我，也是六百元，說給我買電池，補貼汽油錢。我怎麼會貪他的第二張支票呢？我是雞婆性子，我是替羅東掙面子，羅東難得有什麼演唱會，要是沒人捧場，那不是給外地的人笑話麼？

沒錯，我是愛面子的，陳恭喜也愛面子，我們都愛面子。他每次叫便當，總要多叫一個，卻連一個也吃不下。他越在人多的地方越喜歡出點子，卻沒一個好點子；他喜歡擺場面，卻老是收不了場。我是他的債主兼跟班，還喊他陳老師。我沒有醉，我不是背後數落人。

「我知道，你也是有心事的人，」女孩這樣貼心地說。

她放下便當，從飲水機倒一杯熱開水給我，她說：「我喜歡聽你講故事，我哥哥也很會講。來高雄一個月，沒人跟我講這麼多話。」她換坐到第二排，又端起便當。

我不是講古，我說的句句都真實。

「你最好講清楚，今天被我跟隨到，一件一件都不准遺漏。」那灰黑影子又出聲了，它仍居中坐在第五排，鏡裡卻沒它的影子。

我看見鏡裡高處掛一座鐘，倒轉的，秒針活潑的往右跳，時間是一點五十分，我換算又換算，算不出現在該幾點。我不是懶得回頭看詳細，我根本不想回頭；我卻又問那女孩幾點？她說她沒有錶。也好，就看這倒轉的鐘吧。

「好好的田園弄到這地步，看你們這些少年有什麼良心？」

這灰黑影子到底是誰？專程來逼我說那件事。要找該找陳恭喜，纏我何用？我還請它吃便當。

你知道羅東堤防邊那占五十甲的運動公園的事麼？不知？也沒關係，只要知道那裡曾有我的家，我是在那裡出生的便行了。

再遇見陳恭喜是在那年三月，稻秧正綠，我被我老爸帶去社區活動中心開土地徵收協調會。在場發現陳恭喜也來了，才知道他還是我鄰居，就住在土地廟旁那竹圍內，是阿勇伯的大兒子。我除了吃驚，第一個反應是拿那兩張支票叫他兌現（這不是愛計較，這是我應得的，對不對）。可惜當時活動中心的屋頂給鬧得快掀開了，我擠不過去。

女生輕「啊」一聲：「我們金洋村也開過這樣的會，大家都沒有吵，他們為什麼這樣生氣呢？」

豈止生氣而已，他們還握拳頭咧。阿勇伯大概灌了一些米酒，他舞弄扁擔的架式好比紅面關公，這還不算，我老爸也跟他湊一擔，大嚷大叫：「這麼肥的田園白白來糟蹋，拿去做娛樂，你們這些人吃石頭也能活命是不？」那些縣政府、鎮公所派來協調的人一臉笑，抓著麥克風不敢出聲。

我看阿勇伯是學過國術的人，他的腳步和身手都有段落。他舞得出汗、外加赫赫吐氣，我老爸在一旁配音：「五十甲田園，有本事拿地來換呀。我們世代耕作，把我們田園收去，叫我們何處討食？這分明是弄破我們的巢。」阿勇伯一舞十數招，上鈎下挑，在活動中心的正中舞出一塊地盤。

來開會的人圍著看，好像在看表演，都說：「這樣對！」

我老爸的粗聲你沒聽過，他在田頭喚一聲，田尾的人都會驚嚇的，他說：「免講啦，協調什麼？誰人想侵占我們的田園，我就給他沒命，敵我不兩存啦——」

我擠在人群外，被擠上窗框，居高臨下看阿勇伯腳步漸不穩了，那根扁擔掃出來的風也沒聲了；他喘得像一頭老牛，終於拄著扁擔當枴杖，恨恨盯著前排那些官府派來的人看。

我老爸說我讀過高中，讀書人比較會講話，他帶我來當我家的代表發言。這種場面，你說我怎麼開口呢？其實，我也不知道該說什麼，田園被徵收去當運動公園，一定是壞事麼？我根本弄不清楚，怎麼說？

就在這時候，麥克風裡有人講話了，開口的不是官府的人，是陳恭喜。他穿那件白色的摺袖外套，站在國父遺像下面，像電視節目的主持人，連聲音也像：「各位敬愛的父老鄉親：站在本庄子弟的立場，我有幾句話要跟各位父老報告。這次，縣府有意在本鄉建設這座世界性規模的運動公園，提高本縣的運動風氣和生活品質，以及本縣的高尚形象，為了地方繁榮，大家一定樂觀其成。」

透過麥克風，陳恭喜的聲音很有磁性，比平常加倍好聽。活動中心內沒再嘈雜，我想除了他的聲音好聽，恐怕很多人還一時聽不懂他說什麼；否則照前一刻的氣氛，怎麼容得他再說下去？

「方才兩位老伯的舉動，請縣府官員多多包涵，另一方面能在土地補償費用多多提高，使他們能夠安養晚年。」

這句話才講一半，阿勇伯似乎醒轉過來，他破口大罵（對不起，他罵得很難聽）：「幹你娘，你給我聽聽看，叫你爸是老伯，我拖犂給伊讀大學，都讀到肩背去了。恭喜呀你給我下來，你爸給你好看！」

阿勇伯在人堆裡叫罵，但是陳恭喜真厲害，只當沒聽見。

他又說：「在這裡，我有幾點新概念要提供給各位父老做參考。本來台灣可利用的平地不多，時代在進步，這些土地更加寶貴，需要再開發、再加運用。我說過時代在進步，台灣的糧食不虞缺乏，外國進口的米糧可以讓大家吃不完，再說，現在是太空時代，將來一粒米可以改良成麵包那麼大，再不然，經過最科學研製的食物，像一粒仙丹一樣，一天只要吃一粒，就可以包含咱一天所需的各種營養分。

「一世人才做一種職業的時代已經過去了，大家要有這樣的覺悟，要有這樣的認識。咱們的田園經過縣府有魄力、有計畫的建設，變做運動公園，將來必定可以帶動地價，使得附近田園改為高價值的建地，大家將這次優厚的補償費用在運動場附近買房子，改行改業，也能開創新的美滿人生。」

我沒聽清楚那些掌聲是誰帶起來的，活動中心內就是很歡樂、很圓滿的一下子都改觀了。

陳恭喜鞠躬下台前，那些縣府派來的人一一和他握手，說：「本庄有這樣的人才，有這樣見識，這是本庄的光榮。」

他們正忙著，底下忽然有人說：「放狗屁！你這個石頭迸出來的畜生、垃圾。」

我也沒聽清楚這是誰罵的，當時太亂了。只見阿勇伯的那支當枴杖的扁擔先落地，陳恭喜整個人應聲倒下，周旁的人都忙來攙扶他，他也快步下台，擠進人堆裡。

「是我罵的！我沒吐痰、沒夯他，算他好狗命。」灰黑影子說話了，我細聽，仍覺得像人在隧道裡穿出來的聲音，遠遠遠遠還帶笑：「你不知我是誰？」

「我不知道，請你不要這樣笑。」我說。

女孩從鏡裡迅速抬頭，她說：「我沒有笑，沒有。」

她暗黑的眼珠沒有被鏡影扭曲，仍是那樣圓大，有疲倦、寬容、聽故事的趣味和不設防的神情，我感覺得到。我沒有醉。

她說：「我家的香菇和木瓜都是哥哥種的，現在都挖掉了，連樹也看不見；白色的，都是石灰。我哥哥才跑去開卡車，我知道他不是愛喝酒的人。剛才我沒有笑你，真的。」

落地大鏡裡的時鐘，指著一點十三分，我喝一口熱水，起身按著左邊的太陽穴，還在隱隱作痛。我走到第七排坐下，鏡裡又換了一種光景，電梯門不見了，多出了一個垃圾桶，桶身發亮，並不變形得太走樣。

「是不是你跟陳恭喜套好，一步一步都有計畫，把我們這些老歲仔當憨人拖去賣掉？」灰黑影子飄起來，飄到落地大鏡旁，那鏡子震動了好一會兒。

女孩回頭找我：「是不是地震？」

我對她苦苦一笑，實在不該那樣問她：「你有沒有看到一個影子？」

「是什麼？」她端著便當，扶椅背站起，移到第四排靠邊的座位，她有些害怕。

「真的不知道，都是他來找我的，我不知會這樣。」我說。

協調會之後一個月，土地徵收的事沒有消息，直到媽祖生的前一日陳恭喜才又來找我。隔天羅東大拜拜，我們那凍霜仔老闆特地放假一天以資慶祝。

我在稻埕彈吉他，他來找我到各戶去通知，他手上有一張名單住址。

「下午四點有四部遊覽車來活動中心的大廟廣場，載大家去參觀遊覽，免費的，去宜蘭看熱鬧；全縣的大神尪仔都要出來遊街，大卡司，難得一見，難得的機會。鎮公所出車；我出便當，所有的里長、鄰長帶隊，你老爸不能給漏了。」

他有錢請吃便當，我那兩張支票呢？我說：「我們便當店今天不做生意。」我把支票亮給他看。

「我知道，你放心，將來翻兩番還你，少年人這麼沒眼光，要跟人家做什麼事業？」陳恭喜說。

你不要說宜蘭、羅東只隔一條溪，別說庄裡的老輩，就算我也不會沒事過去走腳花（閒逛的意思，你知道）。住戶聽說鎮公所專款招待，而且當日來回，有大神尪仔大會串外加放煙火，里長、鄰長也都去了。當天下午，滿滿四部遊覽車都坐滿了，都是五十甲被徵收田園的業主。

遊覽車先轉去整治得像英國泰晤士河的冬山河（陳恭喜介紹的），再經濱海公路轉回壯圍到宜蘭，來到一處道路像飛機跑道，綠地種植成排成行苦苓樹的地方。太陽就快落山了。

你知道，我們蘭陽平原的黃昏很乾淨很美的。我坐的那部遊覽車進到這裡特地駛慢，全車的人都探在車窗看，看夕陽下一棟棟圓的、方的、長的建築物，好像去到外國。

車子開了好久才在碗公型的綜合運動場前停下。這時我知道了，這就是聞名的本縣第一座運動公園，占地二十八甲。

我老爸看得嘖嘖叫：「這是什麼所在呀？拿來種稻，一冬也不只產一萬包穀。」

運動場內人山人海，我們四部遊覽車裡的人，一進去就被吃掉不見。燈火照得場內像白天，三十幾尊大神尪仔就在跑道上大會串，鑼鼓陣、旗陣比雙十國慶的大閱兵還熱鬧。

「長眼睛沒見過，」五彩煙火在運動場中央像噴水、像天星從夜空墜落。

我老爸正用力吃便當，他仰頭看著：「這是誰想出來的怪步數，夭壽熱鬧咧。」

我老爸嚼飯的樣子，實在不多見，從小我送點心到田間去，看他嚼得兩頰肌肉鼓得像牛腮，每一粒米飯香甜，值得他這樣用力嚼，認真的吞嚥？

我總是看得牙床發酸，跟著流口水。他在家裡這種吃法沒關係，出門給人看了不被恥笑麼？

那天從宜蘭運動公園回來後，阿勇伯每晚到我家稻埕外，和我老爸喝得兩張紅臉，不知他們說什麼。

後來陳恭喜隔兩天就到便當店找我，他要我辭職。

「他要你辭頭路，你就照做，心神若穩怎麼被人牽去賣？」灰黑影子說道：「老輩說話你怎麼不聽！」

「每日送便當沒趣味，我想他的計畫也不錯。他告訴我，田園徵收的事已經定案了，補償費已經寄存在土地銀行，只是我們不知。他缺人手，要我幫忙，賺錢四、六分，穩賺的。他當過老師、在礁溪當過酒店經理兼大家樂組頭，他見過世面，不會錯。」

「那種錢也敢賺？那是賣祖公肉呀。」灰黑影子在座椅間飄來飄去：「你自己攤開來看，你要看詳細。」

我不知灰黑影子要叫我看什麼？它沒頭沒尾的漸漸縮小，往手術房的彈簧門退去，終於在門縫裡消失不見。

我又站起來，那雙扇彈簧門正好推開，護士笑盈盈隻身走出，她說：「陳先生的肚子已經剖開了，手術進行得很順利。陳先生人那麼瘦，那個胃還真不小，我們醫師說『難得一見』。咦，你的酒嗝還在打？以後少喝，酒會傷肝的。」

她發現原住民女孩在座，又低頭吊眼看她：「手術房裡沒有其他患者了，你怎麼也在這裡等？」

「我是來休息的。」

她仔細看了我們三秒鐘，回去手術房；大廳瀰漫了裡面噴出來的怪氣味，我一直想打噴嚏，可是沒成功。

「陳先生有帶你去礁溪做生意？」女孩怯怯問道。

老實講，我沒有這膽量也沒有那本事；那時，我還是處男咧。

我看鏡裡倒轉的時鐘走到十二點四十六分，秒針還是蹦蹦跳。

「我們要載田土去台北，賣給人家種花。我陪他一家家去預定那些舊的八仙桌、木椅還有門扇、石磨，連打穀機、牲醴籃、水缸都要。陳恭喜說，可以載去天母開一家民俗古物店。」

這時候，女孩的臉頰傾在一邊，幾乎要貼著她的肩，她說：「怪手來敲我們老家，也有人開車來跟我們買東西，跟我們村長一起來。他說我們要搬新家了，舊的東西沒用，藤簍、弓箭、柴刀、木頭刻的水瓢都拿走。我最喜歡那藤簍呀，是祖父編的。」

我和陳恭喜也是這樣勸人家：舊的不去，新的不來，懂得享受，有錢就要買新的。

我跟著他每天在庄裡跑，吃飯都是買便當，陳恭喜總是多叫一個，你知道，他的胃不好，吃兩口飯，一點菜，半個便當也沒吃完。他常常吐胃酸，按著腹肚在人家簷下深呼吸；他從來不吃胃片，還敢喝檸檬汁，他相信他的胃很好。

那兩個月不能說白忙，田土沒賣成，我們仍然賣了一些家具，陳恭喜家的八腳眠床（聽說是他的出生床），我家那一組木椅都賣了好價錢。記得麼？七月二十那場颱風，要不是大水崩壩，流走一些，我們的成績會好一點。

那次颱風好像只有中度什麼的，我們都不太在意。誰知道羅東溪上游的古魯落大雨，一天落了四百多公釐，水勢兇猛，說來就來，我們北成堤防在天亮時給沖出個缺口。我們全庄的人大人小孩都來護堤（就是那四部遊覽車的人），連竹林里那裡的人也載布袋來幫忙，陳恭喜是那次搶救北成堤的總指揮。

很多人都想不到，他有本事去鎮公所借來手提麥克風，頂風、頂雨、叉開雙腿指揮大家擲砂包，有聲喊到無聲，過午之後，水勢漸緩，我們終於把缺口堵住了。

陳恭喜被人扶下來，在社區活動中心躺著，大家吃便當，他是一口也嚥不去，悄悄對我說：「阿地，要是給大水沖掃下來，別說我們要的田土不保，恐怕定好的門扇都會給拖去。大家很合作，這次的表現不錯。」

你知道麼？颱風過後的第九天，我記得沒錯，是七月二十九，領土地補償費的正式通知由村里幹事親自送來了。

我老爸在田尾修田岸，阿勇伯在另一頭，兩人好像對罵，一路喊過來：「要吃我扁擔的不要跑。你們這些敗家、這些石頭飼大的，大水怎麼不流流去？怎麼不流去呀——」這些話是阿勇伯罵的，他就這樣摔在田岸上，沒再起來。

你問我老爸怎麼樣麼？他看阿勇伯倒下去，沒喊叫也沒眼淚；他們是六十年的老朋友，他一直等到再過一個禮拜阿勇伯出殯（陳恭喜說，本來不想這麼快，但是再晚就沒有好日），在他靈前暈倒。

不知他何時喝巴拉松，臉色難看，我們送他去羅東聖母醫院，他們不敢收，叫我們載去彰化基督教醫院，說那裡有個農藥急救中心。我老爸在上了基隆高速公路人就走了。

不知那金洋村的女孩想些什麼，我說話的人沒事，她居然捧著便當哭得沒個樣子。鏡裡的時鐘指著十二點十三分時，她把放在第五排那個給灰黑影子的便當給我：「你多吃一點，好嚒？」她在我身旁坐下，我還在打嗝。

十二點十分，那個紅包給我，紅紙有她褪色的汗漬和燙金的「恭喜發財」四個字。她的掌心留著一灘淺紅，我居然想起：像她這樣純潔的女孩，純潔得像一張衛生紙，那天當那個斷舌的中年人對她強行時，衛生紙也流著這樣的顏色麼？我的嗝聲停止了。

陳恭喜這個人真絕，他連開好刀都挑時辰（他一直都會抓時機的）。十二點整，日正當中，他被護士小姐從彈簧門推出來，護士小姐說：「陳先生人這麼瘦，恢復的能力卻很好，我們醫生說『難得一見』。」

他真的恢復得很快，能睜眼看見我手上的紅包，不等我解釋，就細聲說：「恭喜發財……」

我告訴你，我只拿了紅封套，裡面的錢我還給那個女孩；她要給我做生意，我覺得她更需要錢。我老爸的奠儀我一毛錢都沒拿了，給我媽媽帶去中壢大姊家，她住在人家家裡，身上有錢比較敢開口。我怎麼會收她的紅包呢？你相信了吧？我不是個殘忍的人。

真的，我沒有醉。你不能看我在候車室過一夜，就把我跟那些醉酒的流浪漢聯想在一起。我只是不想回羅東，那裡沒有我的家，也許等陳恭喜出院，我會和他去澎湖看地，也許不去。那金洋村的女孩不敢回家，我不是，我只是還沒想好要去哪裡。我承認我的太陽穴還在隱隱作痛；但是我沒有醉，一杯高粱會醉人麼？你們都愛說笑。

（本篇於一九八七年獲第十屆中國時報文學獎短篇小說評審獎，第六屆洪醒夫小說獎）

梳髮心事

連著半個月，鍾老拖了兩期專欄稿、四篇社論。報社六樓的人無不詫異，鍾老怎會出這等紕漏？他的玻璃門如常天天敞開，好端端在寫字桌前坐著，桌上攤著稿紙，他照常抽菸斗，閒來梳弄他的寶貝頭髮，怎會一拖這麼幾期稿子？

事情談不上嚴重，拼拼挪挪總不至於開天窗，不過總是不尋常。前不久社慶，老闆才公開表揚過，鍾老二十年主筆，不曾拖過一篇稿子，就算那回他被火燒傷住院，在病榻上，剝皮似的痛楚，他裹著紗布照常把稿子送出來。

雖然鍾老向來和善，沒有身段，以他的年紀還禁得起玩笑，不容易；在這節骨眼上，小老弟們還是無人敢入門探詢：鍾老，有什麼事讓我們效力？

其實鍾老也不老，屬龍的，虛歲六十一歲，他善保養，看來不過望五之人。報社上上下下喚叫他鍾老，意思有雙重：一是他不欺生、不擺老大，對毛躁小老弟能容忍、肯點撥；另外他那兩手快筆，在台北要挑撿，還真站不出幾個人來。

鍾老每周三在副刊有一篇專欄，散文體，他信手拈來，溯往道今，寫得情真意切，篇篇是委婉動人；換手寫一星期兩篇的社論，談世局政情、文化、經濟，又是元氣飽滿、平穩圓熟，鍾老寫來一氣呵成。他難得刪修塗抹，稿紙乾淨漂亮，旁人更難挑剔一句；他這兩手工夫，小老弟是服氣的，喚叫他鍾老，有三分敬意。

工作三、五年的女記者，那個不伶牙俐嘴，一人抵兩人用？幗美領頭的那一幫女將，衝鋒陷陣，用不完的精神，趕著新聞稿上排了，常賴在報社不走，成群擠到鍾老寫字房陪他抽菸扯淡，甜膩膩叫著：「鍾老，天天吃黑芝麻加蜂蜜，反不反胃？」「鍾老，巷口那家理容院沒你去捧場，看是早收攤了。」

她們扯著嗓門喚叫鍾老，半成是調侃的意思，逗大夥兒開心。幗美當面說他可以美化社容，鍾老哈哈大笑，反過來勸她們別頂著一頭雞窩，背叫化子袋四處招搖，破壞市容。

「鍾老最寶貝他的頭髮了。」

鍾老愛美，六樓無人不知，他那濃密黑髮不摻半絲白，是台北報界的奇蹟，聲名在外，有口碑的。新近時興塗生髮一〇一的小禿，論資歷才進報社兩年，足歲不滿廿五的小老弟，禿頂不算，又摻灰夾白，只差牙齒沒鬆動；但摘了眼鏡視茫茫。真正有礙觀瞻的應屬他們，還輪不到幗美那幫散髮女將。

沒見識鍾老頂上工夫的人，以為他得天獨厚。

鍾老天天慢跑做運動，定期要到巷口理容院按摩頭皮兼敷臉，那都不說。他早晚一杯何首烏泡酒，喝酒前半小時，還得空腹先吃蛋黃、蜂蜜、熱白蔴油沖開水墊胃。來到寫字房，抽屜裡常年有一罐熟炒黑芝麻，他沒事抓一把咀嚼，再用一小杯純蜂蜜送入喉，這等外敷、內服工夫還沒了，他一耙梳十來分鐘的梳髮，見過的人才知鍾老駐顏有術。

「鍾老的毛髮情結似乎病態。」這話幗美說毒了。

這年頭老男人愛美，也算不了古怪，比起社裡小夥子穿背心上班，和長髮披肩滿街走的年輕人，鍾老至少看來賞心悅目。鍾老梳髮也不當眾，他安靜在他寫字桌前細細梳理，誰教走過的人從玻璃門愛去探看？自己多事！

鍾老隨身有一把半掌寬的牛角髮梳，瘦彎月型，梳齒細密，泛琥珀色，是秀氣了些，像女人簪在髮髻上的小梳。

他通常放了菸斗，一撮一綹的自頭頂而下，再由左而右，再梳後腦袋，一手梳，一手伏貼，梳得油光滑亮，頭頂生輝。那把飄香的菸斗供在桌前，像個香爐，鍾老是供桌後的光鮮菩薩，他的神情，讓來人看了也虔敬肅穆，探望而過，不敢驚擾。

梳髮之後，鍾老還有一手剔理髮梳的工夫。那把彎月小梳捏在他兩指間，就近抬燈，鍾老持一支圓尖牙籤剔髮垢，剔三齒，把牙籤掉頭再剔三齒，桌上一張白棉紙侍候，專收髮垢。這一輪迴下來還沒了，他左手抽屜更備了紅絨布，髮梳擦拭、搓磨吱吱有聲，鍾老才放手，安穩擺回上衣內口袋。

厚道的人說鍾老心細手靈巧，所以格外不讓雙手閒著，寫文章、梳髮、調理他的護髮祕方，寫稿之外還寫得一手毛筆大字，時時揮毫練字。

鍾老的書法介於柳體和魏碑之間，自成一格，胖瘦得宜，恰如他鍛鍊得看不出老態的身架。

幗美那幫女將的新聞稿被鍾老看過幾回，評為「蚯蚓爬行」。幗美當然不服氣，半真心的也常愛到他寫字房討教，鍾老熱心，不獨幫她們備妥棉紙，連毛筆也一併奉送，大半年描紅，寫得盡是「永、成、家、鳳、飛」那幾個字。喜新厭舊的女將們，急得哇哇叫：「怎麼老是這五個字？我看它們不膩，它們見了我也煩呀。」

「書法精要都在這五字裡頭，能寫得順手，字就站起來了。」鍾老偏是不理，要她們依樣畫葫蘆，說：「我的毛筆拿五十年，還寫不好這五字，你們這就嫌煩了？蚯蚓爬去。」

副刊的美工編輯不甘老在粗黑特圓，仿宋體打轉，又看電打行草纖瘦單薄，偶也端來樣張請鍾老揮毫下標題。鍾老一向來者不拒，遇著那「書法精要五字」，他嘀咕遲疑，卻也落筆，只有這個「家」字，他可堅持不寫。

「我還沒本事寫這個『家』字，頭重腳輕弄不穩，站不起來的。」請他將就也不行，說：「這個字我不會將就，另請高明。」再磨菇，好性子的鍾老會轉臉色。識趣的人試一次便夠了。

鍾老孤家寡人一個在台灣，早些年在內湖添了一幢雙併二樓洋房。蒔花除草之外，再加他那全套的駐顏工夫，恐怕忙得沒時間喊孤單寂寞。鍾老是懂得安排生活的，誰聽他說過一句日子難排遣的牢騷？

這一天，幗美從玻璃門外躡過，聽得鍾老喚她。幗美探頭，卻看鍾老雙臂伏案，手握髮梳正發愣，她左右觀望寫字房內再無其他人，問道：「鍾老，叫我？」

鍾老嗯一聲，將髮梳舉在枱燈下，要幗美細看。

不是他原有那把女人氣的彎月髮梳。長柄，疏齒，長過一掌，粗愣愣的還缺了三兩齒，看來也是正宗黃牛角磨製，長柄後有個圓孔，繫綁一條紅麻線。這種粗糙貨色，不會是鍾老的東西。

「這梳子把我折磨慘了，隨身放著，看書、寫字，在懷裡頂頂觸觸，不自在得很，」鍾老說：「放抽屜、放桌上又礙眼，真不該拿人家這東西。」

「人家送的？還是撿來的？」

鍾老苦笑搖頭：「撿來的扔了就沒事。人家託交的。」

還有人託交這樣的東西？

「我已經託高雄那個特派員給我找到人了，我拿不定主意該寄去呢，還是託人送去，還是我自己去一趟高雄；這梳子總要交給人家。」

「鍾老，能不能問，這陣子你就為這把梳子煩心？」

鍾老舉起梳子，在檯燈下對照，點頭。

嘓美只差沒笑出來，鍾老鍛鍊有方，駐顏有術，她背裡猜得沒錯，更年期越晚到的男人，發作起來特別麻煩。

「郵寄很方便，寄去就是了，」她正經說道：「鍾老怕遺失，可以寄雙掛號。怕它再缺齒，我請小吳用泡棉包紮起來，萬無一失。」

「我全想過，不安穩，」鍾老將髮梳轉面，仍細細端詳，他說：「親自送去，好些。」

「這把髮梳是骨董？」幗美問道：「不放心，就親自送去呀。」

「是不是骨董隨人看，有無價值也隨人定。我怕是親自送去了，他兒子不珍惜，八、九個月沒回家的人，怕他不在意。」

鍾老說：「幗美，你心細，也能說話，好不好陪我下一趟高雄，我們當面把這髮梳送去。小吳也一起去。」

幗美當場沒答應，咿唔說要排個時間，頂好順道做個採訪。她這個人沒話放得住，從玻璃門出來，老覺得陰陽怪氣，鍾老是老了，一個人沒事煩惱，找來雞毛蒜皮的事，還添疙瘩。

「有沒合適的心理醫師，請鍾老去聊聊？」她在六樓宣揚還不算，跑去把總務小吳找來。

小吳一聽是那把長柄牛角髮梳惹的禍，說他見過，問他原由，又說不上來。

「你要知道該怎麼辦，趕快去。鍾老要是能照常寫稿子，老闆會賞你獎金的。」六樓一夥人起鬨。

小吳給逼急了：「我沒說該怎麼辦，我只知道那梳子哪裡來的。」

四月分，報社安排了澎湖旅遊犒賞員工，分三批去，三天兩夜，一夜住馬公，一夜住吉貝嶼，小吳和鍾老同住一棟小木屋。

交通船泊靠吉貝嶼碼頭，時近黃昏，大夥兒上岸，正巧看見一對父子朝碼頭廣場盡尾的大廟走去。小子手提銅鑼哐噹哐噹敲，在前帶路；父親捧著神偶三步後尾隨。天高海闊，那銅鑼聲響無遮無攔，格外清亮，敲得人心振奮而肅穆，記者們包圍去攝影。

鍾老坐纜椿休息，沒趕著湊熱鬧，小吳以為他暈船不舒服，在旁陪他。兩部碰碰車催駕，載大夥兒去嶼北的海上樂園安頓，鍾老沒顛晃去的意思，他要安步當車。小吳將行李託送，只得陪他走一段。

那個手捧媽祖神偶的父親，是去年的爐主，趕在明日媽祖生，選了良辰吉時將祂請回。在石階頂上收鑼的小男孩，說明日一早要重新擲筊，去年他父親連擲七個成筊獲選，明日的新爐主不知會不會贏過？邀停歇的鍾老和小吳趕早來廟埕觀看，討個福氣。

六樓的人都曉得鍾老有語言天分，他和山東老鄉用鄉音交談；用正宗的北京腔演講；他能說讀流利的英文，這不叫稀罕，論他的年紀，能學得一口輪轉鹿港腔閩南語，才真不多見。他和那敲鑼的男孩對答，談到興起，居然跟人家答應隔天一早五點半來廟埕看熱鬧。

那天晚上，小半群夜貓子，在樂園餐廳鬧到熄燈，又移去沙灘談天。吉貝嶼天高風輕，單憑那無一絲雜味的海風，就讓人捨不得回房多睡，沙灘上有一座木架眺望樓，鍾老攀去頂上閒坐，暗漆漆的沙灘，潮聲細碎，鍾老忽然談起一則「大陸親人在找你」的尋人資料。

「山東嶧縣小同鄉，有個叫于德海的，他親娘要找他。一九四八年中秋節過後第二天，我們四聯中學一批學生千多人，一路徐州、南京、鎮江、杭州、南昌到郴州棲鳳渡，于德海跟我們熬到廣州，再到澎湖來。

「這小于瘦小乖巧，念初二，看我們高年級的統統叫大哥，每個人都疼他，拿他當自家小弟看。」

沒人知道鍾老待過澎湖，從一九四九年在馬公住了三年；前一夜在馬公也沒聽他說起。

「說什麼呢！亂世兒女提出來有哪一樁是歡笑的？在筆下寫給自己看，說給人聽，恐怕得看看人家的臉色。昨晚在馬公，我想到于德海的親娘，不知該不該給她捎一封信去？

「小于身體底子弱，背胛長了個瘡，就這樣走了，埋在馬公海邊，淺淺挖個沙坑。亂世兒女啊，說什麼呢？」

一夥人盤坐在眺望樓下，沒人吭聲。

「他娘還是不知的好，就當于德海也不知，無人知，當沒這回事。

「那敲鑼的小男孩真可愛，無憂愁的孩子都可愛。他父親一定交代過要端莊走，你看看他，歡喜不住的，光是想著明日的好玩，上石階都用跳的。

「那年中秋夜，我娘帶我去鍾家祠堂祭祖祈福，我也是那樣走前頭，想的都是好玩的事，憂愁不知，都十七歲的人了，心裡還是個孩子。

「想是這趟出外，再長也長不過半年一載，祭祖祈福，不過是個形式，我娘自己求心安罷了。從家祠大廳出來，她掏掏摸摸，身上找不著一件東西給我，拔了髻上的梳子，要我帶走。

「哎，說這些作啥？」

鍾老說話，向來無山東人氣勢，他在眺望樓頂倒像自說自語，說得輕細，給自己聽的。木樓下側坐的人，果真無人聽得真切，睡去一半。

第二日清早，鍾老沒邀小吳，是他惺忪爬起，跟著要去。這小吳當總務是到家了，身體好、熱誠夠，任怨且任勞；那些剛從學校出來，嘴裡說「多多指教」其實眼高於頂的小夥子，對他呼來喚去「小吳、小吳」地叫，他一逕是有求必應。

鍾老一個人去赴約，雖不是打擂台，他也放心不下；「保母兼保鏢」，他自己這樣說。

不知吉貝嶼的清晨，是不是天天這樣颳大風？他們一前一後地走，來到大木魚鎮風碑時，風砂吹得進三步、退兩步，險險還過不了關。那紅咚咚的大木魚，兩人高，四人環抱不起，在礁石灘，像座漆錯顏色的堡壘，鎮風，鎮不了風，把鍾老那頭黑髮揪得全走樣了。

匆匆離開小木屋，鍾老隨身帶著的彎月髮梳給留在行李袋，他想踅回頭，又怕誤過新爐主擲筊的時辰，猶豫走一段，鍾老嘀咕唸：

「這披頭散髮到廟埕去，成何體統？給人訕笑我們外地人沒規矩，這樣子落魄難看呀。」

披頭散髮是難看，不過這又不在冷氣房裡，這狂風沙的吉貝嶼，怕是誰一絲不苟，那才叫稀奇。鍾老偏不安心，不自在，雙手在頭頂上攏攏貼貼，逼得小吳看不過了。

「我就跑回一趟，鍾老先去，在廟埕外轉角等我，我快去快回，把梳子帶來。」這種事也只有小吳做得到，他這保母兼保鏢，再兼一項快遞。

小吳剛要走，鍾老看見不遠處巷口，咾咕石屋的雜貨鋪已開門，「先看看店裡賣不賣梳子？」

晨曦微明，雜貨鋪裡仍黯淡，有個佝僂老人背對門，蹲在店的裡處，似乎是在洗臉。

鍾老開口用他鹿港腔的閩南話問：「不知有梳子倘賣無？」

那老人側臉傾聽，問道：「外地客是嚒？」他抖甩毛巾，顫顫起身，摸索著出來。

「不知道有梳子倘賣無？」鍾老又問。

老人手扶一堆雜貨木架，移步出來：「你們來兩人，是高雄來的嚒？」

他移步到亮處，鍾老和小吳驚閃一側。老人仰頭張嘴，雙眼白茫茫，他將一耳緩緩朝向門外，他眼盲，一頭銀髮，怕不也有八十好幾了，聽無動靜，又問：「是高雄來的人客嚒？」

「不知有梳子倘賣無？」鍾老向前來扶他，問道。

小吳看錶，時間不早，廟埕外該是一切備便，他隨口說：「是啦，店裡有梳子嚒？」

「真實？後車站那條可以聽見火車聲的路，叫什麼？我一時不記得了。」

「六合二路，我很熟啦。」小吳說道。

盲眼老人滿布壽斑和皺紋的臉，居然燦笑起來。他呵呵說：「真實？那你們應該認識我們囝子清海，許清海，他住在這條六合二路沒有錯，你們和他熟識？」

小吳說他不是存心逗騙老人，實在是鍾老直愣愣站在門邊，也不開口，怕時間來不及了，而老人是這樣沒完沒了。

他又接口說：「許清海？我們都認得他，他開海產店，生意做得很發達。阿伯，你店裡有梳子倘賣無？我們還有要緊的事要趕去。」

鍾老卻又一把將小吳按住，按他手臂，輕拍著，反過來似乎他又不急了。

「真失禮，你們要梳子，店裡正好無貨，要是不棄嫌，我自己有一把，」老人真的呵呵笑，轉身扶壁，顫顫移去店內，在石壁摸下一把長柄髮梳。

「這把你們拿去用。清海自小乖巧，他不願討海，改途做海產這也適當，他肯打拚，做什麼都適當。八、九個月沒回來了，過年也沒回來；船擠，生意忙，他拖家帶小也不是說要回來就回來，我知道啦。

「但是後厝頂給颱風颳走一片，請人補修抓漏一直沒弄好，這只有等他回來才有辦法。清海頭腦好，手也靈巧，等他回來才有辦法。不知能不能拜託兩位貴客，回高雄找到他，替我講一聲，厝後漏，他的生意要能閃身，找一日半天轉來吉貝，好嚒？」

鍾老雙手去接迎那把長柄的牛角髮梳，也沒顧梳齒上沙塵覆了一層，就那樣梳理起來。

老人說：「你們回高雄，將髮梳交給清海，說是我要給他，出門在外，總要整齊，一頭亂糟糟在大都市做生意，會給人看輕。你們帶去用，用過給他。」

這一折騰，當他們趕去廟埕，新爐主已產生；那敲鑼的小男孩看鍾老來遲，蹦蹦跳下石階。

「你們這時來，連戲尾也沒看到，」他半是興奮，半又洩氣說：「新爐主是漁滿載那個船長，連擲十一個成筊，破紀錄，大家數得嘖嘖叫，說他今年會好運，大魚獵不完了。你們一定睡過頭啦，台北人晚睡早不起，聽說有人九點才上班，好懶惰！」

早早出門，為的要趕這場盛會，趕得在石階下目送散去人群，鍾老竟也無懊悔。他摸摸小男孩頭殼，說：「下回我再來，說不定有人擲十二個成筊。」

他用那把長柄髮梳搔刮男孩的小平頭，小男孩跳閃了三步遠，看清是缺齒髮梳，趕緊摸摸頭殼，怕似頭皮給刮傷了，一臉驚疑：「你怎麼不自己梳呢？這種壞梳子也在用。」

鍾老當真面對平靜港灣，好像面對一面平滑大鏡，用那老人託交的髮梳，細細再梳理他的髮，望海，也是一臉的無風無浪。

六月六日，小吳親自開車，帶幗美和鍾老南下高雄。

六樓的人怪罪小吳，不該安排這回澎湖之旅，讓鍾老觸景傷情，壞了他從不拖稿的半世令名，這簡直是惹禍，該罰，罰他保護鍾老和幗美去，回程還得帶些海鮮奉獻。

他不是告訴那眼盲的老人，說他囝子清海在六合二路開海產店嗎？能這樣順口編故事，就得帶一箱真海鮮，以示負責。

這些瞎掰，豈有此理，小吳還真答應了。臨上車，在一旁的鍾老給逗得搖頭笑；眾人這陣子跟著鍾老給那長柄髮梳頂觸不自在的心，似乎也安穩不少。

這些時候，鍾老照樣把黑髮梳理得貼亮，但顯然他的精神和瀟灑勁不如往常；鍾老不老，卻也六十了。

「人心給歲月磨耗到一個程度，反過來又是敏感易動，再有大波折，比年少的人更禁不起。」幗美如是說。

「最近，鍾老多了好多皺紋，大家發現沒有？我敢說，這件事不單純，他把別人一把髮梳揣在懷裡當要事辦，什麼心事讓他這樣？總有！問誰？誰敢誰能直接問他。」

平日幗美呱啦呱啦，六樓的大聲婆，但是認真起來，她寫稿、做事又清楚有條理。這回護駕鍾老南下，早些日，她已和高雄特派員聯絡上，打聽了那個叫許清海的吉貝人。

許清海真住在六合二路。

三十七、八歲的人，還沒成家。四兄弟只餘他一人，其他是海難、車禍和肝癌，都不見了。巧不巧，許清海真在賣海鮮，年初時中船裁員，他四月分才改途的。在夜市擺攤，六合二路那個家，已經租住好多年了。

幗美慎重，還請高雄特派員將他的近照傳真上來。幗美當一件事情辦，近乎辦案。這些，她瞞著鍾老沒讓他知曉，她只和小吳商量。

「說他白天醉醺醺，話都說不清楚，怎麼辦呢？他如果把髮梳隨手一扔，或有更奇怪的動作，鍾老怎麼受得了。鍾老不是閒著沒事幹，他當真的。」

「我看不保險，說不定他瞧那髮梳缺齒，管它是誰託交，一把丟進垃圾桶去，難說不可能？」

小吳伏埋了一計，他說：「鍾老非得跑一趟才安心，好吧，我們就去，我們兩人演一段。聽說你在學校還是話劇社台柱，這段我導你演，就要你來撐場面。

「我有個老戰友，小時候玩伴，躲避球勇將啦，就在高雄開海鮮店。不過在新興路就是了。這沒關係，在高雄下交流道，我們把車在市區兜上一圈，反正鍾老對高雄也不熟，開到高雄火車站前，要過地下道到後站，你開始演，告訴鍾老馬上要到六合二路，請他閉目養個神。

「這不好，你遞鏡子給他，請他梳梳髮，別讓他看窗外就是，然後直接到我老戰友店裡去。」

「小吳，你哪來這一段，什麼時候安排好的？」

「你聽劇情，別激動。我那朋友愛玩得很，早兩天我把這段跟他講，他興致高哇，太太小孩都參加排演，這不算，店裡的七、八個小妹也加一份了，還特地找人沖放了三張吉貝嶼的家鄉照，裱掛在牆上，以示吾愛吾鄉。

「你說這人絕不絕，我怕他還請人拍錄影帶，太過分了，露馬腳，昨晚特地交代，嚴令禁止。你和他演對手戲，保證過癮，你可得培養情緒，要是笑場就糟糕了。」

「小吳，這太過分了，」幗美沒聽說這麼戲劇化的安排，還要她來演，驚嚇大笑：「讓鍾老知道，我們兩個還想平安回台北，我們連台北也待不下去了。小吳，你應該去電視台編連續劇，搶夏美華的飯碗，怎麼躲在這裡當總務。」

「只要你不說，放膽去演，怎麼會穿幫？」小吳說：「我們那個許清海，已經把一箱子海鮮準備好，演成了，鍾老看得滿意了，回程就幫我們填冰塊送上行李箱，鮮滋滋載回台北。還有，另外備一桌好吃好喝的，為我們洗塵，給鍾老致謝，這一場戲真刀真槍，悲歡離合，吃喝玩樂都有啦。」

小吳真是鬼精靈，借花獻佛，難怪「奉獻海鮮」的事，他答應得那樣爽快俐落！

幗美這女主角上車，能不憂喜參半？上了高速公路，怎麼坐都不舒服，沒得張手伸腿，再彩排一次，自編的台詞只能含在嘴裡練習，只嫌小吳開車太快。

小吳幹嘛設計這一段呢？

不這麼編排，行嗎？

簡直是二流連續劇的一場濫情戲！

嘓美平日那豪放女的瀟灑勁，硬給掃去一半，心有不甘，一路溫習，一路暗罵，在車裡又開不了口，罵給自己聽。

身旁鍾老倒也不吭聲，一手握長柄髮梳；一手握彎月那把，拿絨布擦得吱吱響。過泰山收費站，嘓美忍不住了：「鍾老，別把髮梳搓鈍了，收起來好不好？」

她看見那惹禍的長柄髮梳，緊張。

到時，這髮梳該是鍾老拿著好呢？還是由自己遞交；是雙手捧上呢？還是直直塞給那個許清海就行。

沒事惹事，小事惹成大事，弄得神經兮兮，怪誰？都怪小吳安排澎湖之旅。

小吳在後視鏡裡看著她，看嘓美沒一刻安靜。這嘓美還要多多磨練，平常會說會唱，要她耍一段看看，她又上不了檯面了。這女人到底牢不牢靠？

「嘓美，你什麼地方不舒服？」小吳問道。

「兩天沒睡好，趕寫一個腳本，有些頭暈。」這該死的幗美，能不能把話扯遠一點。小吳趕緊把車速減慢，往外側路道靠：「你睡一覺好了。」

幗美乖乖仰頭靠著，這時朝鍾老一瞥，吃驚。鍾老閉目養神，在冷氣車裡還額頭冒汗，臉頰灰白少了血色，挺著半身喘息。

她急忙問道：「鍾老，鍾老，你什麼地方不舒服？鍾老！」

「我也是幾天沒睡好，頭痛，有些暈沉，」鍾老說：「小吳，你看是不是回頭的好，我們改天再去？」

幗美振作起來，倏的又涼半截，不演啦？

「我自己不靈光，把上上下下弄得翻覆，讓你們這樣跟著操心，沒一處對，」鍾老說：「找個地方，我們回頭算了。這髮梳，我寫封信，寄去就好了。」

小吳心頭也一驚，怕是鍾老又知道了些什麼。這段安排只有幗美和高雄那老戰友知曉，看幗美是不像洩密，鍾老不可能有探聽。

「我們沒操什麼心。鍾老真不舒服，想回去，我們就調頭，」又問幗美：「你看怎麼樣？」

「聽鍾老的意思好了，」幗美說：「那箱海鮮不就泡湯了？」

鍾老苦笑，拍幗美的手：

「讓你們二位這樣折騰，不能罵我呀。過兩天我請大家到我家裡小聚，我燒幾道家鄉菜，做些饃饃、烙餅，給大家賠罪。小吳，還有幗美你，還要再折騰一次，當我的助手，好嚒？」

三個人十點不到又轉回報社來，出了電梯把六樓的人都看傻了，搭直升機去來也沒這麼快。

小吳忙著去打電話，給他那老戰友賠罪。幗美被同事包圍了問些長短，覺得掃興，好好一場戲就這樣平白停演，揣摩、編撰的身段、台詞都不算了，多少年沒粉墨登場，正好露一手讓小吳開眼界，這又不演了。掃興之外，真有些累呀。

鍾老在內湖的家，小吳幫他遷居去過一回，沒聽說他邀誰去坐坐。鍾老興致大發，要親自下廚，請大家去熱鬧，選在六月十日，禮拜五，雖不頂恰當，但是六樓一夥人，挪挪趕趕也把時間騰出來。

這年頭有勇氣肯把朋友、同事邀來家裡聚餐，若無真心誠意實在辦不到。

也許這是鍾老近一個月來心情不調和的紓解徵象，大夥兒去，再一喧鬧，說不定就這樣好了。大家樂意去，誰知一招呼，整整要坐兩桌，六樓空了一半人。

小吳心細能幹，也有栽倒的時候。

他在五點鐘偕幗美到了內湖，鍾老早在廚房忙過，肉、菜洗切的一盤盤，就等客人到齊，下鍋便成。兩籠饃饃肥胖胖早蒸熟擺著，烙餅的麵糰醒過，也揉成一張張備便，他和幗美幫不了什麼忙，助手是掛名的。

一夥人陸續來到，幫忙抬桌椅、布碗筷。鍾老家的廚房嫌小，客廳倒是寬敞，一夥人抬了餐桌，又把鍾老書房裡一張長形簡便寫字檯給扛出來。

寫字檯鋪著薄毯，墨漬點點，居中一張棉紙，試寫了幾個「家」字，墨跡新乾，墨香仍濃。

鍾老備菜，還有餘興練字？

小吳撤走了棉紙、毛毯，合力扛起寫字檯，又放下。

「今天不是鍾老生日，六十大壽嗎？」

掏出他的小本子翻看，果然正是！

他猛地拍頭，糊塗。旁人不知是應該的，他幹總務，誰六十大壽都沒錯過，獨獨把鍾老忘了。偏又在這節骨眼上，還招呼一群人來熱鬧，就算鍾老不介意，傳出去，這笑話要給人說幾年？

這算是壽宴，都快開席了，現在去叫蛋糕，等送來，大夥兒不都回報社上班？小吳硬著頭皮找幗美來咬耳朵。

這幗美實在沉不住氣，先是給小吳哈得扭捏地笑，聽過後，竟又像真給咬著耳根，尖叫起來。哪個吃記者飯的，不好奇，不善想像？放了桌椅碗筷，把幗美團團圍住，「從實招來，小吳跟你講了什麼聽不得的人話？」、「再不說，我們要抓癢了。」大夥兒不放過她。

鍾老和幾個臨時調派的助手，在廚房忙著。小吳越想越不妥當，哪有讓壽星親自下廚，忙著給大家弄吃的？再看幗美成事不足，弄得這樣喧譁，他轉身要進廚房。

「叫小吳自己講，他剛才發現的。」幗美一把將小吳攔住。

再鬧下去，等鍾老聞聲出來，更沒意思了。小吳只有照實說，大夥兒沒人怪罪他，反過來是另一個說詞：「這樣也好，大家就裝傻，當作不知這件事，給鍾老一個驚喜。讓鍾老曉得，我們不光是會跑新聞、寫字，要玩新鮮的也可以，廿分鐘，照樣變個像樣的生日宴會出來。」

這回幗美又活過來了。她領著一批女將們，將大夥兒提來的各色水果，收到書房去，她再到廚房取來刀、盤，關門上鎖，不准男賓入內。男賓給撇在客廳，一時找不到人逗笑，於是也勤快起來，輪番到廚房端菜、洗酒杯，沒一個閒坐。

小吳想想，還不甘心，幗美那些生日花樣，不猜也知道。要給鍾老驚喜，總得有個特別的，讓他真正開心，這年頭長壽不稀罕，但能無病無痛過個六十歲生日，還是不容易的。

他一人在客廳角落雙手抱胸，轉眼珠子。

這好！

他趕緊撥電話，給高雄那個特派員。

鍾老走出廚房，看女將們全不見：「是不是怠慢，她們都走了？」

小吳指指書房：「飯沒吃，誰也不走，都在裡面梳妝打扮，要給鍾老好看的。」

一張圓桌，外併個長條寫字檯，鍾老看了，笑說：「怎麼排個山東半島的形狀了？」六菜兩湯，外加饃饃和烙餅，外圍是一份份碗筷和酒杯，形狀怪了些，看來還是豐豐盛盛的。

又說：「這個家，從來沒有過這樣熱鬧，其實小時候在嶧縣也沒。我家三代單傳，男人又都去世得早，我活這把歲數，算是破紀錄了。」

鍾老三代單傳，他又無娶親，到他這代不就了了嗎？沒聽鍾老談過這些，今天他大壽，想是感觸良多，這些話關不住。他招呼大家就座，等候小姐們妝扮滿意亮相。

「我十六歲就成家了。」鍾老說道。小吳呵呵笑，從座位彈起來，旁餘的人看得也愛笑，一把拉他坐好，罵他：「又不是說你，興奮什麼？」

「我老婆大我三歲，好大姊，很寵我的，」鍾老說：「她也給我們鍾家養了個男孩，還挑得跟我同月同日生，巧不巧？我離家，念祖剛滿三個月。我家該是四代單傳，不知傳到念祖，會不會人丁旺些。」

「找一日，鍾老返鄉探親去驗收，再不，怕現在人擠，先捎封信回去問問，不就得了。」

「是呀，就算失散了，要認真找尋也是有辦法的，」鍾老舉起筷子，朝空夾了夾，左夾右夾，夾空了，又置回碗旁，說：「心裡老有疙瘩，放不下心。哎，從前忙著不覺得，現在老來，倒反而多愁善感，一丁點的芝麻事也不安寧。」

書房門開啟，鍾老回頭看，看女將們躡步魚貫而出，各個還是一張素臉，笑說：「在裡頭忙這麼久，還是舊面孔嘛，我還以為幗美會變個佳樂小姐出來。」

幗美不敢對鍾老發威，還顧眾男士，說：「說什麼壞話，教鍾老消遣我們？」

電話鈴忽然響了，小吳去搶接，嘰嘰咕咕說得沒頭沒尾：「知道了，謝謝你，讓你找得很辛苦。我就等著了，是，他是這樣說的？很好，謝謝你。」

「小吳何時紅成這個樣子，到鍾老家吃頓飯，也有電話跟蹤。」一群人消遣他。

晚飯開動，已近六點。

鍾老備了一箱果汁、一箱啤酒，原以為女將們喝果汁，誰知她們看也不看一眼，全來喝酒。

鍾老燒的菜，談不上好手藝，炒三鮮和脆皮鴨，口味都嫌淡了些，倒是酸辣湯和一疊烙餅夠味。女將們各個怕胖，沒人敢多吃，輪番向鍾老敬酒。

也許鍾老原本海量，誰敬酒，他都不推辭，先喊乾杯，一仰而盡。

小吳多事，勸他慢慢喝，鍾老回頭說他：「啤酒是液體麵包，營養飲料，醉不了人的。來，我們也來乾一杯。」

喝過，又斟滿，舉杯向小吳：「這陣子讓你跟著受累，這杯算賠罪。」又是一仰而盡。再斟滿，同樣對著幗美一杯入喉。

往常報社的人餐聚，鍾老喝酒都斯文，沾唇意思意思便罷了。社慶那回，老闆找他敬酒，鍾老頂多也不過半杯，誰起鬨都一樣，鬧不了他。

今夜這種喝法，不尋常的。

鍾老勸菜、勸酒，笑呵呵的數他最開心。脖頸紅了，耳根紅了，紅到兩頰和眼眶。愛玩鬧的幗美，看了也不對勁，示意女將們離席，結隊進去書房。

鍾老看著驚奇，沒攔住她們，說：

「吃一半，還得進去補妝？」

再不久，書房門開啟，暗漆漆的。幗美探出頭來，像典禮司儀那樣揚聲叫道：

「恭請壽星進場——」

鍾老愣在座椅上，小吳把他請起，一群人擁他進房。

書房內大亮，燈罩糊了面紙巾，泛粉紅光。還向牆頂牽拉出十幾條彩紙帶，看來也是女將們的面紙裁黏成的。燈下，兩大盤什錦水果，香蕉、蘋果、鳳梨，雕成花、鳥、魚、船，再排列個六十字樣。

鍾老仰頭看、低頭看，聽一夥人合唱生日歌，彆扭得直搓手：「這怎麼好意思，又給大家添麻煩。」

幗美說：「鍾老，對不起，沒準備蠟燭讓你吹，」她走去按電燈開關，說：「我開關六下，當吹六根蠟燭好了，行不行？」

「行。」鍾老說，一夥人又笑。

這時，電話鈴又響了，小吳躲得遠遠的沒動。響了五、六聲，鍾老才去接聽。

「會不會大陸轉來的電話，來拜壽的。」幗美說。

「不要開玩笑，哪有這種事。」有人笑她。

鍾老沒坐下，就站著接聽。

大家在書房裡席地而坐，幗美出主意：「少了雞尾酒，要不要我再調一缸來？」

小吳不准，說：「還調一缸？今晚鍾老喝得太多了。誰說啤酒不醉人，兩瓶下肚照樣有人不省人事。」

大夥坐等鍾老回來，片刻鐘，鍾老轉回書房。

「是高雄那個許清海來的電話，」鍾老說：「他來要那把牛角髮梳，他說找一日要回吉貝嶼，許清海想通了。」鍾老走去書架取下那把缺齒的長柄髮梳，再掏出他隨身帶著的彎月梳子，他神色平靜。

反而是幗美驚怪：「許清海，真正吉貝那個人？怎麼這麼巧！」她回頭看小吳，小吳說：「是啊真巧，給鍾老安心，可以當作一個賀禮。」

「謝謝大家，實在不敢當，這麼多年來，沒做過一次壽，一眨眼已六十歲了。清早起來，我寫了一幅字，總是寫不好。」鍾老再從木架書縫取了一紙長幅，撐張開來，宣紙上寫著：

君家何處住，妾住在橫塘。
停船暫借問，或恐是同鄉。
家臨九江水，來去九江側。
同是長千人，自小不相識。

「寫不好，我一直沒寫好，」他舉起彎月髮梳在掌中盤弄，說道：「那年中秋夜，從鍾家祠堂出來，我娘掏了這把髮梳給我，她說：『出外的苦日子還多著，再苦也得熬過來，沒什麼苦日子是人熬不過的，你出門在外總得把頭髮梳好，人落魄從頭髮開始，你顧得了頭髮，自然會顧得了生活。喏，拿去吧，哪一天回來再還我。』」

鍾老也來席地而坐，凝視什錦水果的六十字樣，傾身、偏頭，淡淡說道：

「我頂著一頭濃密黑髮出門，要再這樣頂著回去，讓娘看了不傷心。

「哪一日我回嶧縣，怕是大姊的髮絲也斑白了，她屬牛，今年六十三歲，哪個六十三歲的婦人沒有幾絲白髮？我該是黑髮還是白髮回去的好？

「今天是念祖的四十三歲生日，有他在家，後厝頂漏水，他該會上去補漏的，應該會的。」

鍾老滿臉通紅，但是他果真沒有喝醉，生日宴散過後，大批人馬再回報社上班，他也跟著一道回來。

寫字房的玻璃門敞開，鍾老伏案寫稿，一手握菸斗，那把彎月髮梳置放檯燈下，閃爍光澤。他寫到一個段落，發現小吳在玻璃門外晃蕩，招了他來。

「請你幫我問問，副刊能不能再插一篇稿？」

九點不到，這有什麼問題呢？

（本篇於一九九七年選入幼獅文化公司《大專國文選》）

沈大夫的花房晚餐

大清早，電話鈴鈴叫。

我前晚剛載一家客人，到彰化山區探視他們關禁閉的寶貝兒子，夜半才回來，倦怠得很。我拉了棉被，蒙頭又睡。

老婆聽過電話，精神旺盛，「沈大夫邀我們去吃晚餐咧！要全家都去，說是熱鬧些。準六點半，在什麼花房子，是哪家餐館？」老婆湊在我耳朵說話，哈得一身癢，這還能睡？

「是不是沈大夫過生日？要不要帶個什麼禮物去？你看我要不要先去做個頭髮？」

沈大夫的生日在年初五，還有三兩個月，應該不是。我幫沈大夫開車二十年，他從來沒邀我吃頓飯，這可特別了；難不成他家老大和老二從美國回來，要我去湊熱鬧，兼打雜。

我坐起來，點了根菸，卻給老婆一把搶走，「大清早，抽什麼菸！你說我要不要去？怕沒行頭穿咧。」

「免緊張啦，又不是赴國宴。沈大夫說在他家花房？他怎麼捨得開放，不怕他那些寶貝蘭花給怎麼了？」

我是有些想不透，這種當天邀約吃飯，該是臨時起意；不過大清早來電話，又像慎重其事。

沈大夫這人說話，向來點到為止。他指明要在他那座門禁森嚴的花房聚餐，這有意思了。花房晚餐，是人家老外才有的雅興，他是什麼心情也學上了？這事想想略有蹊蹺。看我老婆當真，我也給感染得有些緊張。

我和沈大夫沒有什麼親戚血緣，論緣分卻比他家一夥要熟稔。看吧，這二十年，誰陪他最勤？那些來來去去的醫生、護士別說，真的，就算沈大夫的三個兒子，也沒我跟他來得近。

兵役退伍的第二年，我在濟仁醫院開盲腸，是沈大夫親手操的刀。

我這個人生來勞碌命，閒不住，要我天天躺病床，不如將我捆綁住。開完刀的第三天，我就捧著肚皮滿醫院晃蕩去。整棟醫院的七樓病房，哪間我沒走過？儲藏室在哪？哪個護士對醫生好？止痛劑擺在哪個櫥架？全瞞不了我！

醫院上下個個都怕沈大夫，只要他這個院長在場，老鼠見貓似的，沒一個敢蹲坐、敢出聲。我可不怕多事，肚皮稍有抽痛或發癢，直接上他辦公室去。沈大夫神色再嚴肅，院長的威風再大，干我什麼事？該說該問的，我當然找他去，誰教他開我刀子的！

醫生和護士們看我到處巡迴參觀，叫我是督察專員。聽說我和沈大夫對談如流，而且平安無事，他們一則懷疑；一則擔憂：「沈大夫好幾年沒站手術檯，代理動刀就碰到你這樣的患者。他脾氣不好，你小心把他惹火了，過兩天拆線，讓你多痛一下。」

住院的一個禮拜，我成了沈大夫的特別患者，再加上我們在各病房巡視的碰頭次數，熟到後來，沈大夫在迴廊轉角，光聽見腳步聲，就知道「又是你跑出來了」。

想是有緣吧。辦好出院手續那天，下大雨，在醫院停車場遇到沈大夫，他要趕去台北開會，車子卻動不了；我那輛新開的計程車，正好和他的賓士並排，沈大夫看到我像看到救星，我就這樣載上他了。

做為他停刀四年後的第一個患者，沈大夫是對我多照顧了些；而他會要我把計程車頂掉，當他的私家司機，和那趟大雨路程，我的駕駛技術也有關係。

雨霧籠罩的北宜公路上，我把九彎十八拐開得平順。沈大夫做我的身家調查兼口試，我這剛出院的人，說話、打噴嚏都不收斂。個人沒大能力，做不了什麼大事，如果有賓士可以開，沈大夫給的待遇比照濟仁醫院的實習大夫，我還有什麼好推辭。

二十年前計程車少，但有幾個人捨得坐車？乘客複雜，收入起起落落，沒大志向的人，最好做穩定的事，我做私家轎車司機，也沒錯。

就這樣一路開過來，直到兩年前沈大夫退休了，把院長的職位讓給一個叫什麼仁的醫師接班，我才跟著半歇息下來。

新任的院長為沈大夫醫院裡保留了一間辦公室，但沈大夫一個月難得去幾次。我這私家司機當然也是識相的，在他退休典禮當天自動請辭。

你猜沈大夫怎麼打算？他說：「小陳，你照舊幫我開車，不必來上班，但要你隨喚隨到，其他時候你回去開計程車。」

這安排不算壞，我還有什麼話講？二十年下來，沈大夫和我不單是主雇關係，沈大夫的遭遇和心情，他家人肯定沒我了解得深，如同他清楚我的家庭和脾性，我老婆恐怕都沒他摸得清楚。

我們的緣分，注定該是這般藕斷絲連，沒得完了。

沈大夫退休後，在他那雙層洋樓緊挨著車庫後，找人搭蓋了一間玻璃屋花房，正正式式地養起蘭花。

從前沈大夫養蘭，純粹是休閒玩票，一塊塊蛇木板就掛在圍牆邊，想到了去整理一下，有時花開了，還是我發現幫他提進屋裡去。

搭蓋了花房，沈大夫可是下定決心，一口氣要人把各種蘭花都送一株來，像在苗圃展示似的，都掛了名牌，中英文名稱、生長習性、花期寫得密密麻麻；拖鞋蘭（Paphiopedilum）、紫蘭（Bletia），還有什麼蝴蝶蘭、石斛蘭、鶴頂蘭、萬代蘭、飛燕蘭、蝦脊蘭、捧心蘭、堇色蘭，看得我眼睛都花了。

沈大夫養蘭跟他做人做事一般，下了心意想做，就得有個模樣。「養蘭就得養到開花，否則和種草有什麼不同？」他跟我這麼說過。

沈大夫當然是個聰明人，就算七十歲了，還是耳聰目明，看書報不用戴眼鏡，而且怕吵。不了解他的人，說他冷漠、孤僻、架子大，輕易不向人討教，處處以為自己是權威。但是你要知道沈大夫多用功？單是養蘭這件事，我載他到書店街買書，一次抱回來就二十本，沈大夫關在花房裡，一進去大半天，看書、研究蘭花，那種精神好比做醫學報告。照這樣下去，不出個一年半載，我看他是可以寫個什麼蘭花栽培論文出來。

說到讀書，我慚愧。

沈大夫自己愛讀書，也幾次希望我去讀個夜間部什麼的，當時我剛幫他開車，人也年輕，的確給說得有些心動。

「小陳，你再去讀大學，念個夜間部也行。只要你說一聲，晚上讓你上補習班，補習費你不用擔心，只要你用功，將來考上了，學費我來負擔。」

想想，生身父母的關照也不過這樣吧！但再一想，我自己哪是塊讀書的料子，打從小學成績總是掛車尾，跟人家湊熱鬧去考聯考，擠了個三流學校，還是掛車尾。我看那些教科書，不知怎麼回事，一看就頭暈，然後生氣，再來就睡著了，屢試不爽，原因不詳。

天生我材必有用，我幹什麼都行，偏不是正經讀書的材料。有這點自知之明，還是好的，我沒接受沈大夫的好意，想來有些慚愧，但至少比一而再、再而三地年年耗費他的補習費，到頭來仍考不上，這樣還好些。

我硬著頭皮，讓沈大夫再三提示，挨一挨就過去了。對於我放棄這樁好意，他有些不甚愉快；但是我按部就班幫他開車，幫他料理家庭瑣務，一路是挺帶勁的，他也不好明說我不知上進。

沈大夫家的老大和老二，比我年紀稍小些。那兩個小子可真是一等一的讀書材料，讀什麼是什麼，好像教科書是他們自己編的，考卷是他們出的。記得有一年，老大要考大學，老二準備考高中，別人緊張地吃不好、睡不著，兩個小子居然吵著要我教他們游泳。

「你是當海軍陸戰隊的，怎麼不會游泳，你們陸戰隊不都扛槍游泳嗎？蛙人哪！」

我這海軍陸戰隊哪是正牌的？運輸兵，還不是在陸地來來去去，游泳，是可以浮一點，哪能教人？

再說，這超級大考橫在眼前，大考大玩，他們有信心；但是讓沈大夫知道，他放不放心？而他們指定要去大里回頭灣海邊，那兒游泳安全嗎？要是有個長短，憑我這半吊子的海盜式泳技，自身難保，能救誰？

我當然跟他們敷衍，條列了二十幾個理由，包括我的腳氣又犯了、沒有游泳褲、平日少運動，下水會抽筋、到回頭灣太遠，沈大夫隨時要車子，人不在會挨罵……

這兩個小子的意志力得沈大夫的真傳，想到說到，說到就得做到，做到就得做的圓滿。他們幫我找來游泳褲、腳氣藥膏、肌肉鬆弛劑、代我寫字條，留給他們老爸，外加準備了一籃子的吃吃喝喝。

這些行動驚動了老么屁子。屁子比老二小三歲，那年要小學畢業了，也吵著要跟去。這小子更機靈，二話不說，自己準備了一套游泳行頭，直接上車等候。

他們三兄弟，我老覺得屁子可愛些，沒他兩個老哥那樣聰明過頭，目空一切的狂勁。他年紀小小就沒了媽媽照顧，想來也可憐啦，兩個老哥不寵他，不多讓他些，反過來老是召來喚去，對他沒好聲氣。

沈大夫，大人物有大能力，但偏偏也有小毛病，他沒主持公道，合起來還嫌屁子一天到晚糊里糊塗。其實屁子有什麼好挑剔的？漂漂亮亮一個孩子，長得胖壯些，又怎麼樣？人有禮貌，有分寸，嘴巴不甜又怎麼樣？他的功課和我當年是有得比，成績不好；但是屁子談話、做事，反應也不差呀！

沒了老媽，哥哥不愛，老爸不疼，都歸咎是他功課不好，沒有正經讀書的能耐。沒人疼愛的孩子，身心不平衡，讀書怎會專心，功課怎好得起來？像沈大夫這樣知書達禮的聰明人，也有想不透的時候。我不愛讀書，情況和屁子不同，但是這道理我想得到。

那兩個小子一見瘂子不請自來，居然開了兩邊車門，一人拉，一人推，硬要把瘂子趕下車。瘂子兩腳抵著椅背，雙手胡亂拍打，哭叫：「讓我去一次嘛，帶我出去玩玩嘛——」兩個那麼大的人，當作沒聽見，拉扯推打，拖狗一樣，還罵他：「你這倒楣鬼，給你去，把水鬼都招來了。」

這什麼話？哪是老哥對待小弟？我看過他們對待同學，哪一次不是慷慨大方的當凱子，供吃供喝，外加出點子遊樂的。我看得發火，大喝一聲：

「別吵啦，今天我可以帶你們出去玩，奉陪到底；但是瘂子不去，我就不去！」

三兄弟愣住，沒聽清楚似的。我趁著火氣又叫了一次。當然，是我開車，我不去他們甭想去；但是我拿他們老爸的薪水，不過是給雇請的人，身分總是矮一截，這種拿喬叫嚷的話，不趁三分火氣，還真怕說不溜哩。

我當時的表情，想必是夠難看的，才能氣勢懾人，把那兩個不體恤兄弟情的小子震嚇住，乖乖上車，沒敢再去拉扯瘂子。他們臉臭，我管他，有事，回來再說吧；反正帶瘂子出去兜風、玩水，我是帶定的了。

孩子們終究是孩子，出去就好了，還沒出市區，他們又個個和我有說有笑。

老二說，至少十年沒到回頭灣了，「有一年，我九歲，讀三年級，老爸開車，我們全家來過一次。那天太陽好大好大，媽媽在車上幫我們一個個擦防曬油，全身上下都擦。一車子都是那種香香的味道，害得老爸一路打噴嚏，笑說我們要去沙灘烤乳豬。哥，你還記得嗎？」

老大在前座不吭聲，轉頭朝車外看，把臉撇了過去。屁子倒喜孜孜說話了，「我記得，那味道好香，老爸打噴嚏，差一點把車子開去沙灘。」

「你才多大？你記得什麼——」老二要他別亂開口，說他一開口，就沒好話，「到了海邊，有一個人不知死活，脫了鞋子就跳下車，很神勇地跑去沙灘，結果呀，沒兩秒鐘，又沒命的跑回來。你知道這個人是誰？」

「是我！」屁子趴在我的椅背後，大聲宣布：「那個人就是我，那沙灘好燙好燙，跟燒紅的煤炭一樣，把我的腳掌都燒焦了，跟烤肉一樣香。」

我不禁大笑，老大也給逗笑了。

「傻瓜，你少誇張了，」老二說道：「算你運氣好，還記得那個傻子就是你。」

三兄弟說說鬧鬧，我第一次看到他們這樣熱絡，雖然鬥嘴罵人，我也任他們說去。兄弟，不就這回事嗎？我橫心一想，反正該沈大夫刮罵的，少不掉，既然出來，就兜個過癮，玩一次痛快。有事，回去再說。

我問老大，準備考什麼學校，是不是讀醫？將來繼承老爸的衣缽，回來接掌濟仁醫院。

老大沉了半晌，不說話，老二代他回答：

「我老爸要我們兩個都別讀醫學院。什麼都好，就是不要學醫。」

「為什麼？」

「他說當醫生太辛苦，每天看到愁眉苦臉的病人，工作時間那麼長，一點家庭生活也沒有。現在怪病愈來愈多，當醫生很無力感。他要我們學工、學商、學美術、音樂都行，別再走他的老路；而且誰也別想繼承他的醫院。他說，將來要把濟仁醫院交給一個什麼基金會去經營，他要歸隱山林、頤養天年。」

屘子說：「你們不學醫，我來學好了。」

「憑你？功課那麼爛，作夢也別想。」老大開口了，他摳著下巴的青春痘，我從反射鏡裡，看見他一臉的凝重，大眼睛垂得低低的。

「老爸有苦衷，你們不知道，他是我們台灣有名的外科醫師；但是卻救不了老媽，他心裡難過，你們知道嗎？」

亮燦燦的馬路格外刺眼，我戴上太陽眼鏡，抓緊方向盤，把車速慢下來。

「我國中一年級升國二的暑假，有一天，午飯不久，媽媽和屘子一起鬧肚子痛，屘子拉肚子，拉了一褲子，我陪他們到醫院。媽媽和屘子躺在急診室，一直喊痛，醫生們要等爸爸來處理。我老爸正在手術房為一個車禍傷患動刀子，等他出來，媽媽和屘子打過止痛劑，叫一陣，停一陣。爸爸檢查過屘子，診斷他們兩人是吃壞肚子，為他們打生理食鹽水。

「媽媽就在這時間被延誤了，等到她盲腸破裂，腹腔感染，發現時，已經太慢了。媽媽的血壓一直降低，一直降低，我在手術室裡看著，爸爸帶著一群醫生來搶救，爸爸自己也哭了……」

一車子靜下來，我把車子停在路邊，就在濱海路的某一處沙灘外。我們沒去回頭灣，在那匍匐著馬鞍藤的坡地坐下來。

沈家老大，長相、談吐和他好得沒話說的功課，都是超水準的，這種少年才俊型的人，我預計他將來長大，肯定到哪裡都是拔尖的。我這預估一點也沒錯，他現在是美國的一個拔尖兒物理學家，不知專攻什麼，沈大夫提到他，總說：「我那老大，今年又是諾貝爾物理獎候選人。」總是掩抑不住地眉開眼笑。

其實他們三兄弟，在我看來也都是一塊材料，即使運氣壞，不討人喜歡的瘸子，也是。沈家老大和老二都是聰明人，他們該怎麼對待瘸子才公平，這還用得著我這裡外不分的外人來說？

那天，我們四個人在那不知名的海灘野餐、散步、堆沙堡，在海潮的泡沫間遊走。因為氣氛不對，那天我們的泳褲沒有派上用場。

沈家老大在那天說的話，也許是我當沈大夫的私家轎車司機，一當二十年不走，也有關係吧……

當時談到沈大夫誤診自己的妻子，老大說得中肯，「這很難怪誰，誰會故意延誤病情？當時我老爸也太累了，他在手術室為那個車禍傷患開刀，已經站了四小時，精神不濟。瘸子的確是吃壞肚子；只是誰知道我媽媽的盲腸炎，會那麼不巧和瘸子的肚子痛同時發作？我媽媽知道自己是院長太太，反倒不敢勞師動眾，強忍著，才會忍出問題。

「那天午餐的每樣菜，我都吃過，要是我勇敢一點，不管醫生在那裡討論成一團，告訴他們我並沒吃出毛病，他們大概會早一點改變診察的方向。」

沈家老大還說：「你知道我老爸為什麼不再進手術房了吧？開完你的盲腸回來，老爸的精神出奇得好。你的手術做得非常順利，而且你的復原狀況比其他患者都快速，你知道嗎？開盲腸是個小手術，但是對他來說意義非凡，你的健康是他自信的來源。」

不是這樣的話，讓我一時覺得重要起來；只是沒想到，因為當天的住院醫師急事外出，沈大夫臨時出馬，我竟誤打誤撞地結了一個緣。我的生命活力，能間接讓一名停刀四年的資深大夫提振信心；我糊里糊塗的開朗，也能安慰一個大夫的心結。

人心總是肉做的，我怎麼不感動，怎不多少有些「使命感」？

半個多月前，也是大清早，電話鈴鈴叫，我正和老婆親熱，興致掃了一半。電話是沈大夫的老么瓩子打來的，說沈大夫在花房摔斷了腿，正在叫痛，這一聽，我整個人都軟了，趕緊從臥室出來，趕去他家。

瓩子在電話裡哇啦叫嚷，說是沈大夫不讓他攙扶，硬要我趕去。我可以想見他那一頭汗的模樣。瓩子就是這副德性，都三十出頭的人，遇到急事，或給他老爸說兩句，就沉不住氣的一頭一臉冷汗。

難怪沈大夫老在我面前數落他：「瓩子這孩子，就是做不了大事，成不了大器，從小這樣毛毛躁躁，誰看他會放心？電子器材行那張老闆，看在我們老交情，讓他跑跑外務，他一家生活有著落，這就值得慶幸了。」

瘂子自小我就聽慣了沈大夫在人前人後說他這個、那個，反過來說老大和老二怎麼優秀、怎麼好。早先我一個私家司機，不好應答些什麼；何況我老爸在我上任前特別叮囑過：「當人家的司機，好比那些管家、祕書的，儘管做好自己分內的事，東家的公務、私事，聽到當作沒聽見。要是你和人家一句來、一句去的，像個包打聽，你這工作沒三個月就會給人辭掉。」

我老爸說的是老經驗的金玉良言，我謹記在心；但是對於沈大夫說瘂子，我無法硬心腸當作不知。

瘂子結婚那天，我帶老婆和小孩都去了。我知道瘂子的婚禮場面，不會太熱鬧。沈大夫一張帖子也沒發，而瘂子的同事有幾個、朋友幾個，我是清楚的。我把自己的朋友也邀去，他們不是高尚人物，但個個熱情開朗。我是說，有血有淚的人，才會成為我真正的朋友。

沈家老大和老二都不回來，他們給唯一的小弟合寄了一張賀卡，一張只有十五個字的賀卡。我不把瘂子當自己的小弟，誰來？喜宴上全都是女方的客人，將來，人家把瘂子當什麼看？

我自願當接待兼總務，存心要把場面弄熱鬧些。那天晚上我多喝了些酒，還橫了心，先送瘂子和他新娘回洞房，再送老婆、孩子回去，讓沈大夫在飯館多待些時候。他嘀咕催趕，我借酒裝瘋敷衍他，沈大夫是愛面子的人，我擔保他不會當著賓客對我翻臉。

回頭再接沈大夫時，他氣呼呼地沒等我開門，自己上車，碰的關門。我知道他心裡不痛快，有話要說。我就等他帶頭說，我還有一籮筐的話憋著，就等他先開口咧。說是酒氣旺盛也罷，當時我真是橫心一想：以往他數落瘂子，我哼哼嗯嗯的沒多說，這一回，我非說個清楚不可，了不起我這工作不幹了，話還是要說的。

一路上，沈大夫沒開口，連交代我開慢些也沒說。一直回到公館門口，車子進了車庫，沈大夫突然問我：「小陳，你今晚喝了不少，要不要進來坐坐？我泡一杯濃茶讓你解酒。」

我就那樣坐在車裡，劈里啪啦一股腦兒把話倒出來：

「沈大夫，今天是瘂子的大喜，我們男方的客人就這麼一桌，你不覺得太冷清？老大和老二在美國公證，台北的喜宴，他們人都沒回來，只寄那麼一捲錄影帶在飯館播放，我們照樣席開五十桌，熱熱鬧鬧。瘂子不說，但他心裡會怎麼想？」

我的嗓門本來不小，借酒壯氣，說得更響亮，而且不打結：「老大和老二，將來還有大前途，我知道；但是他們留在美國，不會回來了，你們這父子緣，早在他們出國就淡薄了，將來還只有屘子穩靠些，實在一點！」

沈大夫等我說完，沒回半句話，進屋去了。

屘子的新居，租在沈公館二十分鐘路程的一家自助餐店三樓，他天天慢跑，準六點一刻回老家轉一圈。婚後週年添了一個小壯丁，沈大夫幫小孫子取名叫效先。屘子的晨跑又加了晚間散步，一家三口回來陪沈大夫坐一坐。

那沈效先的眉目是沈家的翻版，才七、八個月大，機靈的人模人樣，誰看了不想抱一抱？

屘子說：「效先和他爺爺投緣，吵吵鬧鬧的，一到爺爺懷裡，他小子竟咯咯笑開了。我老爸有時還會打電話來，要我們抱去給他玩玩。」

沈大夫疼愛孫子，卻寧可自己守著偌大一幢公館，他還是想不開。屘子沒有亮眼學歷；沒有稱頭的工作，同住一家，客人來了問起，臉上無光嗎？

讓沈大夫引以為榮的人，遠在天邊哪，他們的光能照得這麼遠、這麼暖？近在眼前的屘子，實實在在幹一份工作，有什麼丟臉？至少五、六個孫子，也只有這沈效先抱得到手，是不？

就說那一回，沈大夫在花房摔倒，要不是瓩子定時來探望，他是少不得多挨些皮肉痛。

年紀大的人，禁不起這麼一跌一摔，痛得格外厲害。瓩子太緊張，忙亂了手腳，其實沈大夫只是扭了腳踝，閃了腰。

那天早上，瓩子幫我把沈大夫攙扶上車，沈大夫回濟仁住院，方便是有的；但要是沒瓩子伺候，他那六呎高、八十公斤重的山東漢子體型，換了人來，沈大夫都得多嘗苦頭。

年輕的醫師、護士對他這前任院長仍客氣三分，全套的檢查、局部熱敷、冷療都盡心盡力；但是脫褲子、換衣服那些事，反倒又不自在。

「這一回多虧是瓩子，他現在做事是穩重多了。」有一天我去看他，沈大夫對瓩子的電子器材行老闆說：「他那老婆，一個鄉下人，也挺懂事的，端茶、削水果，燉了那些中藥來，那黑漆漆的藥湯，我是喝不來，但她心意到了。我那小孫子可開心哪，也不知道誰教他的，幫我按摩。我們沈效先，你見過吧？」

沈大夫肯說半句瓩子的好話，別人怎麼想我不知，但我可開心。

沈大夫邀我們全家到花房晚餐，沒猜中他的緣由；雖然我是個最擅猜燈謎的人，在現場果然我得作客兼打雜。

天沒黑，老婆和孩子打扮得像年初二回娘家。她一身珠光寶氣，老大穿公主裝，老二那一身簡直像小花花公子。老婆還依照清單，中午之前就備妥了一些大件小包的不知什麼東西，當等路，要帶去。

一家到了沈公館，沈家裡裡外外亮得像個燈籠，那玻璃花房尤其亮得耀眼。老實說，這二十年來我還沒見過沈家這等光景，亮得這般喜氣呢。

瓩子和他老婆出來迎接，堆得一臉笑，「我們就知道你會早來，把燈全開了。我在花房加裝了四盞，你看怎麼樣？」

「今天什麼日子，這樣隆重？」

「我老爸和效先在花房玩，正在等你，」瓩子說：「今天沒事，他開心嘛，找你們一家來聚聚。待會兒你是有點事，我老爸想把那些寶貝蘭花換位置，我動手，他還是不放心，非得等你來搬不可。」

「他真看得起我。是不是還有美國回來的人？」

瓩子大笑：「你問我大哥和二哥？沒有，就只我們這幾個人。」

花房裡，沈大夫抱著效先，兩人都穿得正式，沈大夫見到我來，居然客氣招呼，說歡迎！

「沈大夫，我來幫你搬蘭花，怎麼個搬法，你交代。」

「好說，好說！」沈大夫笑道：「你別聽屜子胡扯。養了幾年蘭花，有小小心得，有些花種讓我費心力，卻老是長不好，不開花；倒是有些不放心上的，自己開得挺好的。我想，把那幾盆捧心蘭給移去後頭，讓它們去高高在上。這些開得好的蝴蝶蘭、石斛蘭給挪到前頭來，你看看，它們開得多好。」

沈大夫指那一排靜靜在花架高遠處的盆栽，「吃過飯再說。你做事細緻，幫我動手，把它們挪到前頭，我修枝、澆肥方便些；說不定，將來栽培個新品種出來，你在功勞簿上也記一筆。」

「屜子也行呀，他和我一塊搬，沈大夫當總指揮。」

屜子聽我這麼說，一時又侷促起來，雙手沒處放似的，直扳關節，羞怯地笑著。

「好吧，你這小陳，什麼時候學得這樣計較？」

我和屜子搬桌椅到花房，孩子們陪沈大夫在花房裡說笑。花房裡的老少嘻嘻哈哈，笑聲彷彿從音箱裡傳出來，不太真實，卻是好聽的。兩個女人在廚房，也是吱喳說話，熱鬧呢！

在車庫前，屘子突然停下來，雙手撐在長桌上，他說：

「你知道嗎？老爸要我跟房東講，下個月要退租了，他叫我過兩天把東西整理整理，搬回家。」

「哇——」我不禁大叫。

「你別叫這麼大聲！你看，這好不好？」

「恭喜你，屘子，你要發了。」

「你小聲一點行不行？不要老說你家、我家、他們家，我老爸把你我兩家和他，看成是一家。」

屘子那張臉真難看，要哭要笑的，他輕聲說：「他找你來吃飯，就說是『我們一家人難得在一起聚聚』，他沒跟你說嗎？」

「是嗎？」我一時呆住。猜想，在屘子看來，我這張臉也是夠難看的。

「沈大夫怎麼下這麼大的決定？」

「我哪知道？」

沈大夫是個聰明人，聰明人也有糊塗的時候，而聰明人終究是聰明人，他終會做聰明事，時間或有早晚，但他最後做的總是沒錯。

我們合力扛起長桌，朝燈火通亮的玻璃花房走去。屁子走得太快了，我交代他：「屁子，別再沉不住氣，那玻璃花房門窄，小心給長桌撞歪了。你知道沈大夫難得開放，破了一塊玻璃，他翻臉怎麼辦。」

「沒事，基本上問題不大，」屁子笑問：「今晚想不想喝兩杯？我帶了兩瓶金門陳高，一九六七年分的。」

「都帶來了，還問我，當然喝！」我說：「不知沈大夫看了會不會害怕？」

「怎麼會呢？」

這沒什麼好說的，我大笑！把一張長桌扛得歪歪扭扭。花房門口站了一個老人和小孩。

「小陳，什麼事這麼開心？」是沈大夫的聲音。

「在花房裡吃晚餐，我是頭一遭咧。燈太亮，我要關掉兩盞，再來一點音樂，情調好一些。」我說。

「你留點體力，吃過飯還要搬花盆咧。」屁子說道。他笑得開心，我看著屁子，居然想哭，真是神經！

（本篇於一九九二年獲教育部文藝創作獎首獎）

雨傘開花

日子看好後，紹吉才得知消息，那些在公園晃蕩的無聊老人，將在阿嬤出山時，組一支隊伍來送行。

成何體統？

開什麼玩笑！

近些年，小鎮有了三商行、麥當勞、PUB、金石堂和證券行，其實鎮民還保持鄉下人愛看熱鬧的調調兒，像這種不三不四的行列，會給自恃消息靈通又好發議論的鄉人，笑歪成什麼德性。

不管黃曆，出山日提早。

簡化告別式，改換行進路線。

場地移去鹿埔公墓附近的姑姑家，就近解決。

權宜辦法不是沒想過；技術細節也行得通，紹吉仍放心不下。

年老力衰的人，雖然少大吼大叫、發飆；但念頭一旦定了，堅強無比，最可怕是他們不動聲色，手法迂迴，加上眼線極多，令人防不勝防。

這些權宜措施，怕還不能掩他們耳目。

傷腦筋，這些怪老子！

但是，無論如何，他們不該也不能來參加阿嬤的喪禮。事情，已在阿嬤離開時完全結束了，誰加演這段尾戲，都存心讓阿嬤難堪，跟家屬們過不去。

老爸的態度不明不白。

這一個禮拜，他裡外張羅喪禮儀式，對公園老人將採取行動，不會沒耳聞；但幾次家庭會議，話題如何盤轉，他就是避而不談。

不談，事情就會化之無形，平安過去？

最近十多年，老爸在小鎮的時間不多，但阿嬤在公園進出的舊業，他該心知肚明。要是老爸肯說個半句一句，阿嬤可能早收山，也沒今天的攤子好收。

是的，這種事難開口，但還是得說。

與其讓那些怪老子跟隨靈車滿街遊走的現眼，不如家屬把話說開，想個妥當對策，趕快把急難解決掉！

昨天申時，阿嬤做頭七，儀式完畢，一家人愣坐在客廳。難得沒有誦經、木魚、銅磬、古吹、鑼鼓的寧靜時刻，而少了師公指揮，眾家屬竟有些不知所措。

眾家屬，其實也只有五個大人和三個孩子。

阿嬤終生沒有正式婚姻，三十歲領養紹吉的老爸，四十歲領養他姑姑；阿嬤原本有養大送作堆的意思，也說不定。老爸和姑姑各自男婚女嫁前，可能鬧過彆扭；紹吉不想知道得太清楚，反正阿嬤有些開通，放他們自由。

老爸印刷學徒出身，做到擁有兩套西德分色印刷機，又在小鎮、板橋和深圳各有一家印刷廠。姑姑從成衣廠女工、領班、會計做到小開的太太，她帶三個小孩留在本廠當廠長，讓先生也去深圳設分廠。

一對養子女，到今天好歹也闖出個局面，阿嬤不為晚節留名聲，也得為子女想一想。她既不缺錢用，排遣生活的方法也很多，何必老去公園和那些怪老子沒完沒了，讓那些雨傘班、菜籃班的老女人喊她大姊。

這阿嬤也太自私！

三個月的實習記者過關，紹吉不知該慶幸還是懊悔，他捉狂似地跨線跑府會、文教、社會、農漁，報導和分析樣樣寫，辦事處的傳真機都快給他整壞，也跑出公園那些遲暮流鶯和老人的事；也跑出阿嬤的舊業。

他實在眼拙，那些提著雨傘晃蕩的老女人，到阿嬤病床喊大姊，他撞見了她們第三次，才認出人來。這關頭他阻不阻攔，都為時已晚。

現在他能做的，只有不讓這些人來送行。

難開口，趁這寧靜空檔還得要說，與其琢磨不如一鼓作氣。紹吉沒頭沒尾的說些喪禮應當簡單隆重，不發訃聞，不讓閒雜人等靠近，尤其和阿嬤同輩的老人，絕對要透過老人館主任委員勸退，要求他們不得參加。

愣坐的家人醒轉過來，睜睜看著，對他的脫口而出，似乎沒聽不懂，只是不吭聲。

「還有三天要出山，我們家人少，但要解決問題也夠了。」

老爸掏菸點火，噴煙吐氣，久久，才提意見。

「你的意思我懂。他們找我談過。老人有意組隊送山，是好意，我們堅要阻擋，人情事理說不通。我問過你阿嬤，她給我三個成筊。紹吉，這幾個月你跑新聞，社會百態應當看不少，老人的心情，我們也要替人想想。」

老媽、姑姑和姑丈摳沙發、按眉心，三個孩子歪倒睡去，沒人表示意見，似乎老早被老爸說服了。他這臨時動議沒人附和，根本白提。

他就是跑新聞，才知這場面的新聞性有多強，想想那場面吧，這些花邊新聞給追蹤起來，圖文都上，少說可以寫上兩三天，真要做個全版的深度報導，也行。到時，他自己寫，還是不寫？受不受反採訪？

在阿嬤靈前擲杯筊，事情便有問有答的搞定？大家相信這一套，那就來吧，再一次！

紹吉說：「我再請示阿嬤，看她怎麼說。」

老爸居然說，一事不二理，別那麼攪擾人。紹吉不管，到神案取杯筊，就這麼在靈前叨叨說，說得沒人聽不清楚。

兩片半月老杯筊落地翻滾，響脆蹦跳，硬是一仰一覆，連著三次成筊！

眾人伸頸看開獎，每次禁不住地咿哦讚歎。

照片中的阿嬤，慈藹含笑，看得紹吉冒火！他想：管誰同意幾次，這件事沒得理論了。眾人不理就別理，他還怕一個人解決不了？

紹吉想了整半夜，菸茶陪伴守靈，在含笑的阿嬤面前，擬出三項放棄、一點堅持和兩個掌握。

放棄和家屬們溝通，減少無謂紛爭。

放棄和老人館主委疏通，避免二手傳播，擴大事端。

放棄改變時間和地點等消極做法，儀式如期舉行。

堅持不讓任何公園老人和流鶯來參加送山。

掌握軟硬兩面手法，逐一勸退，各個突破。

掌握出殯前所有時刻，全力衝刺，不找到任何有意參加喪禮的老人，絕不罷休。

沁涼清早，紹吉帶著筆記本和相機，趕去中山公園。沒錯，他擺明了就是記者，怎麼樣？總不會是「大姊的長孫」或有戀母情結的尋芳客吧！

時間寶貴，他也不想多囉嗦，這一回，不再像上次一樣，東拉西扯、遮遮掩掩才切入話題，卻給嚇得倉皇撤退。

就這麼直入核心地問：「露水姻緣，為什麼想給大姊送山？」然後套問名單，一一查訪，再不行，至少把帶頭的老人找出來。

早晨的公園人口稠密不輸菜市場。北入口廣場給跳交際舞的婦人們霸著；環繞紀念碑的是一群捧手做香功的；借宿涼亭的幾個流浪漢，在歌舞聲中蒙頭酣睡。這些人和清掃夫配合無間，竹掃把揮來掃去，他們舞來抖去也各行其事，節奏不亂。

老人都到哪裡去了？

紹吉在福德廟邊拱橋頭，找到第一批老人集團。老人嗓子粗啞，但聲勢響亮，七、八人的時事論壇，比立法院也不輸。有人發現年輕人來旁聽，聲勢更放大。

評估省長選情，對「瘦又薄板的阿南，身體若是沒顧，這點就擋人不住」、「那個朱的霧煞煞，放話要給人在做、天在看的宋仔，每晚回家反悔參選」，統獨意識、省籍情結、官商利益，讓他們用白話申論，用俚語褒貶，幾無言論尺度，準確度是一回事；好笑也是一回事，至少證實紹吉的觀察，這些老人消息靈通，老當益壯，可怕的是，他們十分放得開。

這也是阿嬤率領的雨傘班，能永續經營的基本能源。

紹吉插不了嘴，轉進到大樹頭的第二集團，和九重葛盤據的迴廊第三集團。老人們的座談主題，分別是颱風和太平山林場。紹吉想切入的新話題，著實太貿然。嘖！

紹吉在公園盤轉一圈，居然沒發現落單的老人，連個拿傘的婦人也不見。不甘心，又轉回九重葛迴廊。

迴廊入口守著一對漆黑的母子石牛，一個戴助聽器的老人靠坐小牛脖子，離交談正熱絡的老人集團，不遠，也沒太近。

這第一個訪談機會，不算太好，還可以。紹吉潛行偎近。

老人在口袋掏掏摸摸，掏出一只奠儀的白封套，又掏掏摸摸，摸出三百元紙鈔，放進去。他反覆看封套好一會，才發覺側旁站了一個人。

退伍兵模樣的老人尷尬地笑，端詳紹吉，說：「年輕人，你身上帶筆嚒，好不好幫我寫幾個字？」退伍老兵的嗓門像喊口令，九重葛下的整個集團被驚動了。

有人喊過來：「老芋仔，你緊張什麼？怕沒人收你的禮。還有兩天，怕人不給你去，我們會幫你送到啦！這個老芋仔！」

「寫什麼？」紹吉問，謹慎掏筆。

「幾個字，就這麼寫好了，『大姊駕鶴西歸，音容宛在，署名，老芋仔。』再加個三百元，就這麼寫。」

「又是三百！」迴廊內大笑，所有老人都伸頭看著，「最後一次了，不會起價個兩百？這老芋仔只知道統一，什麼都三百統一價。」

紹吉忽的腦門充血，手一鬆，鋼筆落地，滾撞到母牛的腳蹄下；紹吉趕忙拾起。

老兵尷尬地笑，問說：「怎麼，筆尖給摔壞了？」是摔得鈍歪了！

一個禿頂老人起身，紹吉認出他就是半個月前交談的老人。老人摘下眼鏡朝他打量，卻說：「在哪裡看過你？哦，想起來了，你是不是聖母復健之友會那個新來的總幹事？透早來公園，運動？」

既然這麼說，紹吉也順話應答，反正這回帶相機和筆記，也是幌子，老人不起疑心，那就是聖母復健之友會總幹事吧。真要談復健，他不怕穿幫，關於這個會，他還寫過一篇採訪報導。

「聽說，公園內有個雨傘班的大姊，不在了。有幾位，有一群老先生想組隊去送山，敢有這款事？」紹吉說得慢，說得眼皮直跳，好像就要看見含笑的阿嬤，從迴廊盡頭九重葛的綠影中行來。

「這和復健之友會有什麼關係？」禿頂老人說：「少年的很內行，也知道雨傘班。他們的老大姊不在了，說起來她們也很有情義，自動停業，幾天？好像要四十九天，害我們這群，有很多人沒得安慰。怎麼，你跟誰有什麼關係？」

「不是啦，我是新來的。聽說，這裡有些老先生是我們會友，送山的路途很遠，恐怕對他們身體不好。」

「復健會的關心做到這程度，有進步。你這個總幹事有什麼打算，有車可派？」

禿頂老人戴回眼鏡，狐疑看著。

他這一說，其他老人呵呵笑了起來。「免麻煩，這些老身的，歲數到這裡，做人有節制，做事知眉角，一切都已安排妥當。你要是有時間，不放心，那就陪我們走一趟。那個老大姊人很好，也會保佑你。」

阿嬤。老大姊。還有比這更彆扭的事！在九重葛的濃蔭下，晨光的銀錢撒了一地，不熱，紹吉卻一頭汗。

「大家準備送多遠，在哪裡會合？總要有個領隊安排，以免有什麼突發事件。」

「你想當領隊，還是派醫護人員隨行，我們也不反對。這款事，大家講一講就定了，要什麼安排？到底多少人會去，問市場內那個永垂不朽的雨傘本仔最清楚，幾個人，幾把雨傘，他會張羅。」

「要雨傘做啥？哪個永垂不朽？」

老人們先是竊笑，繼而搖頭大笑，個個笑得抹眼油。

「永垂不朽，你不知？到一個歲數你就知了。舉雨傘，是大家想出來的，遮雨、遮日，主要是紀念啦。我們舉黑雨傘，那些女的舉什麼？希望是花陽傘才好。」

紹吉頭暈，「那些女人也要一齊去？」看情勢，這支隊伍人數，肯定遠超他的想像，三十人？五十人？一百人？「人家的家屬會同意你們這麼做？」

「你到底是誰？干涉人家那麼多。你說的是誰家屬？我們老輩的，樣樣要少年的同意，日子怎麼過。少年的不來問我們的心情，看我們的需要，公園內的事還要他們同意，你是存心講給我生氣？」

禿頂老人真要翻臉了，脹紅了一張老臉，說：「老大姊的家屬什麼立場，怎麼想，我不知。但是他們應當知道，這是老朋友對伊最後一次的心意，大家對伊真感謝，真懷念，你知道嗎？阿輝仔、阿南和宋仔他們在談老人年金，誰對老人福利的貢獻最大？就是這個老大姊做得最實在、最長久。

「不信，你問大家看看。我們也知輕重啦，不能去老大姊靈前拈香，萬一給伊家屬糟蹋，我們不要緊，但對不起老大姊。不過呢，我們在半路送伊一段，這是一定要的。老芋仔，你說對不對？」

奠儀封套仍握在手上的老兵，給人呼喊，急步踱進迴廊，問說：「誰找到筆了？」慌張四顧，還是尷尬地笑。

「不要這麼大聲行不行？整天筆筆筆，就知找筆。問你對大姊的觀感啦！」

禿頂老人說：「你看他，要是沒有公園底這些媽媽桑和老大姊給他安慰，他十年前就自殺。臭耳聾，助聽器壞了也捨不得修，掛著好看，自聽說老大姊不在，他比誰都悲傷，恐怕比家屬還悲哀，打聽老大姊的家，想去，被我們阻擋。

「整天拿白封找人幫他寫字，我們這些人讀過漢學的很多，但問題是不能寫、不能送嘛，講又講不聽。他靠半年領一次的退伍金生活，三百元奠儀，比別人三萬元還多，這是真心誠意嘛，你們說，我說的對不對？」

迴廊內一夥老人的神情靜肅下來。

「少年的舉杯唱心事誰人知，唱那麼大聲，不知有多少委屈，看來看去還不是為爭名奪利，還敢哭給人看咧。老人要報廢了，就無心事？憑良心講，公園底這些雨傘班的查某，才真知輕重，體貼老歲仔的心情，她們都是見過世面的苦命人，和後街、酒廊、理容院那些賺吃的幼齒不同款。她們不是賣身，賣笑而已嘛，不嫌我們老人羶、不軟不硬的，她們排解心情真有效。」

「當然，也有那種澳漬查某，只會講趕緊趕緊，趕緊？趕緊還得來公園找她！幸好有老大姊在這裡調教，我們這公園的查某才有這麼賢慧！」

「別說我們癡哥，人不癡哥怎麼傳子孫？老歲仔真正要的是安慰，都縮成像蚯蚓同款了，誰再勇也有限。我有亂講？大姊在公園調教來來去去的雨傘班，安排出勤，十幾年前，伊還成立獎學金，這很多人都知道，有個查某的後生，還在普林斯頓拿到博士。

「我很早就想跟我後生講，他在民政課，應當報大姊去選好人好事代表，一直想，不知怎麼說。很多事，一蹉跎就來不及。大姊若當選好人好事，實至名歸，這不是開玩笑。哎！後天，我們一定要去送一段。說是在哪裡集合？」

「雨傘本仔在安排，今晚我過去問詳細，明天通知大家，大家記得穿布鞋。交通車、雨傘和茶水，他也會安排，他永垂不朽二十年，但做事穩當，很專心，大家放心。」

禿頂老人說：「老芋仔的奠儀沒送出去，他不會死心的，我也想包一點意思、意思，不知委託哪個查某，妥不妥當？」

「何必動用她們。總幹事在這裡，又這麼熱心，委託他，用復健會的名義送去，不很好？」

「對呀，我怎沒想到。」禿頂老人打雷喊說：「老芋仔，你有聽到沒？奠儀委託這少年的送去，你可以放心啦。還有助聽器趁早修一修，送山時，免得一路喊你！」

那三項放棄、一點堅持和兩個掌握，只剩下儀式的時間和地點照常舉行。家祭肅穆，公祭簡單隆重。公園底的老人和雨傘班的婦人，遵守約信，他們都沒來。

一小隊的親友鄰居，送阿嬤到巷口。沒那麼多敲敲打打，隊伍是安靜的。長孫的紹吉自己開一部車，招魂幡探出車外當導引，靈車、喪樂團、紹吉的老爸和老媽、姑姑一家人，就這麼五部車一個行列。

車列給紹吉帶頭，走寬闊的純精路轉維揚路，一般行車速度地向著鹿埔公墓前進。四十三份雨傘和毛巾盒都在他駕駛座上，連同一人三百的一萬兩千九百元奠儀，這樣和阿嬤微笑的照片放著。

探在車窗外的旗幡，在今年的第一道寒流裡啪啪飄動，今天無日無雨，只是東北風強了些。

所有計畫和執行動搖到這個地步，紹吉無人可怪罪，他的勸退行動演變成被託交奠儀、載運雨傘和茶水，整個形勢大逆轉，居然像冥冥中有牽引，身不由己的。不過在這最後關頭，他還有一次決定的機會，形勢仍可以轉回來，和當初的計畫接近圓滿達成。

昨天，他在市場內查訪到賣傘、修傘的阿本伯。阿本伯不疑他，全盤透露了他們的送山計畫。

三十二個老人和十一個雨傘班婦人，將在中山西路水廠和加油站間的路口集結，他們算準靈車必然要從那裡經過，屆時三十二把黑傘和十一支花陽傘就在那裡張開，恭迎恭送他們的老大姊。

矮胖的雨傘本仔，坐在工作檯前，雙膝覆蓋一塊汙黑帆布，修理折斷的傘骨。「真感謝，你肯幫這個大忙，這些傘我就統統交給你。既然你有把握向老大姊的家屬說情，讓大家表示一點心意，我們改到加油站那條小路底送山，這也好，你再去講講看，要是能讓我們一直送到墓地，那就太好了，萬事拜託。」

將他們的雨傘沒收，人員調離大路口，車列在加油站直駛過去，火速抵達鹿埔，這一切就圓滿了。

阿本伯的全然信任，讓紹吉想到他雙膝帆布下的那個永垂不朽，和阿本伯將自己交給阿嬷率領的雨傘班得到的寬慰。

「老大姊帶的雨傘班，對待我們不是完全的金錢交易，像我……像我賣傘、修破傘，也能和顧客交朋友，有感情。大家的身世背景，互相瞭解，這裡就有體貼。誰人沒缺失、沒悲苦？人越老，苦痛的累積是越多，若無這些老友作伴，互相安慰和排解，長壽更痛苦。你還年輕，我這麼說，你大概不相信。」

對於阿嬤的一生，紹吉真的不太清楚，更別說是心情問題。

「這個老大姊使我們懷念，不單是大家在公園熟識，伊對雨傘班的查某用心調教，有一點，老大姊的堅強、樂觀和智慧，給大家很大的鼓勵。想想看，伊一個童養媳，十九歲給人放捨，尪婿到日本不再回來，伊無路可去，幫人做女傭、撿花生、躲空襲……日本那個阿信和伊比起來，一半都不到，但伊人情世事樣樣通，自己樂觀，還懂體貼外人，像我、像老芋仔，像公園底很多老歲仔，沒有伊，不知早死多少人了。

「你問獎學金的事？那是真的，我也是管理委員之一，另外還有復健會、智障促進會、慈濟會，很多啦。」

阿本伯一再拜託，不要讓老大姊的家屬為難，希望能確知靈車啟動時間，希望老大姊入墓，天光亮好，無雨無風。也希望送山的老友們，無人悲傷難禁，因為這都不合老大姊的性情，他們的老大姊宛如聖母，是慈悲、樂觀而開朗的。

紹吉的引導車，在加油站前停下來。

探出車窗外的招魂幡，仍啪啪飄動。

後視鏡裡，是靈車頂上微笑的阿嬤。車列直直開去，不出五分鐘就到鹿埔公墓了。

四十三把雨傘在他的座旁，寒風襲進堆疊的傘布也會拂動。就向前直駛而去吧，就這麼結束了，雨傘和奠儀改日退還，再各隨贈毛巾一盒！

紹吉撥開左轉燈，方向盤打轉，在加油站轉進了小路。遠遠的路底一羣老人和婦人在那裡等候。他看見人羣騷動、忽聚忽散，又在路旁排成一列，在最前頭的是禿頂老人、老芋仔和阿本伯。

紹吉緩緩駛近，開車門，舉著招魂幡出來。

老人們看他披麻戴孝，驚異看著，他們忙著將車內的雨傘拿出來，一一發散。老人世故，所以不問。只有阿本伯囁嚅說：「我正在煩惱，你找不到我們，大家在這裡等一點半鐘了。」

老人和婦人們取了雨傘，默默要去車列後頭，被紹吉攔住了：「不用了，大家就走靈車前，跟我走。」

樂團、老爸和姑姑那三部車，有人探頭觀看，紹吉不理會。他高舉的招魂幡，浮飄在四十三把敞開的黑傘、花陽傘之前，沿小路走去。

通往鹿埔的小路兩旁，收割後的稻田格外平坦寬闊，田野的色調枯黃了些，無日無雨的天色灰沉了些，嶄新雨傘組成的送山隊伍，卻在無遮攔東北季風中走得生動。可惜，雨傘班婦人的花陽傘只有十一把，否則風姿綽約，會點綴得更好看。

這條迂迴通往鹿埔的小徑，再無其他閒雜人車，老人們排成三路縱隊，霸走了整條路面。就這麼走去，三十分鐘後將直入墓地中央道，也好。

向來沒當真過的樂團，吹奏的送別曲，樂聲讓忽強忽弱的風吹襲，居然悠悠渺渺的有那麼點意思。紹吉在前頭走著，隱約聽見一連串嘭嘭聲。

回頭！

老人高舉的雨傘，給風吹得開花。三朵、五朵、十幾朵，所有花陽傘都開了。老人和婦人的傘陣騷動，忙不迭抓傘、折傘，亂成一團。

又一陣壓頂風吹來，折回原狀的傘又給掀開了花，更壯麗的一群傘花。老人和婦人們終於憋忍不住地笑了，將開花的傘高高舉起。

紹吉看著，看見靈車頂上微笑的阿嬤，這回，居高臨下是笑看得更燦爛了。

特載

李潼的〈相思月娘〉

——多情卻似總無情

張素貞

在目前本土文學大受矚目的時候，以閩南語系為背景的長輩作家，不乏特殊風采，足以在文學史上留存特異典型的形象，李潼的〈相思月娘〉就提供了一個非常生動傳神的成功範例。

相思，是相思樹；月娘，是閩南語的月亮。金門的相思樹和月亮，留存一段難忘的相思情懷，從浪漫的少男少女，到年老的老夫老妻，此情已入歷史。婦人是長長的相憶，拿這一份幾十年前的情愛來滋潤夫妻之間已疏淡、名存實亡的關係；丈夫對妻子粗暴，緣於長年各地多次的另結新歡，沾沾自喜於桃花運，不能理解這樣的「小事」，可能成為一向嫻雅、容忍的妻子的「生命中不能承受之輕」。婦人透過一次旅行的印證，焚毀了早年的情書，然後毅然簽署了離婚協議書，是那樣優雅有禮，卻不容丈夫爭辯。無情嗎？這原是最最多情的人。

這篇小說讀來盪氣迴腸。〈相思月娘〉中李潼是採行第三人稱的有限觀點，選擇深入描繪的心理人物是女主角的兒子，一個已婚的青年，所以女主角的刻劃，還是著重在人物的言行動作，而保留了人物內在的思維，加上主角又是優雅含蓄的內斂個性，使得小說讀者的思索空間更為廣闊。

李潼使用時空的壓縮，配合第三人稱有限的敘述觀點，使小說具備相當迷離的懸疑效果。敘述語言，則是國語、閩南語、日語混雜地出現，適度呈現人物特殊歷史情境的說話口吻。所有的對白都取消了引號，融入敘述語調之中，成為「潛對話」的形式，別具一格。

選擇金門做抒情的景點，在現代文學中也算特例；金門是戰地，李潼又以服兵役的歷史特質，嵌入父子兩代男士的純情，用來與婚姻的危機對照。在父母親的婚姻危機這個主旋律之外，再以兒子、媳婦的婚姻危機為副旋律，烘托出婚姻問題的關鍵所在，這是作者難得的高妙安排，既有對比效果，也有探源溯本、揭露問題的作用。用母親轉述兒媳的深惜舊情，引發兒子的反省，再加上先前的告誡：「你的人緣好，各種朋友都會找上來，你的女人緣，是要注意的。和出版社往來的女人，想法比較新；但有些舊的想法，有時也要守住。」

這位優雅極有涵養的母親，委婉地點出了婚姻問題的癥結：男士的自我約制力是否足夠？兒子有母親的適時點撥，可能挽救面臨婚姻的問題；父親的任性使氣，不知檢點，則已無法改變。然而老輩婦女的容忍，到了九〇年代竟有隨著時代變遷而來的解放意識，老婦人對於已然無情的老伴不再妥協，因此她主動訴求離婚。

老婦人要求離婚，在這篇小說中的意義非凡。如果兩代的婚姻問題處理成為：老輩勉強維繫有名無實的婚姻，年輕的一對吵吵鬧鬧，其實不是太嚴重的摩擦，而卻離了婚，也許讀者會覺得滿近情理，足以採信。但是作者的命意不同，因為女主角的母教，激發了男性的自律，年輕的一代挽救了婚姻；而老輩的婚姻由於雙方的觀點歧異，父親自以為是，終究大吃一驚，卻已然不能彌補。作者苦心經營令人驚異的效果，不斷鋪描母親對父親的「吞忍」。母親向來不提父親風流韻事，母親受過的教育，讓她如此優雅而懂得服侍丈夫，是否也教她顧全雙方面子，吞忍父親的粗暴和對家庭不負責，掩飾她的寂寞和悲情？父親對母親動粗，全是側面的描繪：母親不肯和兒子們住同一棟樓，兩週沒見，去探望母親，發現她的眼睛還烏青。兒女甚至勸母親離婚，她卻是一味為丈夫辯護，作者有經營的細密紋理，話分兩層：

一、就做父親而言：歐多桑是有情的人，你們小時生病發燒，伊再忙碌，夜再深，也會騎腳踏車載你們去敲醫生的門。

二、就做丈夫而言：伊還是有心放在這個家庭。問題的癥結是：他的人緣好，各種朋友會自己找上來。

像這樣的曲意維護，總從好的方面去體念丈夫的優點，理由雖不很充足，倒也振振有辭。總讓人相信，她非常傳統，必然是認命，打算一輩子承受這個風流丈夫的好好壞壞，以她慣常的優雅，顧惜顏面；反正已經容忍了四十年了，更不可能有離婚的做法。

正因為超乎常理，那個風流老丈夫接到離婚協議書自然震驚莫名，他根本不了解妻子實際上是很有深度、很有主見、非常固執的人。讀者其實和這個不知所措的丈夫一樣驚訝，主要是作者採取的敘述角度，是迂曲的側筆，女主角的心理一直是虛筆烘襯，加上又是今昔錯綜的敘事結構，所以震撼力特別強。

讓我們為女主角的離婚訴求探尋一個合理的思路：「夫妻一場，總有情分。」這話在太武山上用來點撥兒子，儘早彌補，挽救婚姻；想必也是她自己寂寞、悲苦時候反覆自我安慰的寬容祕訣。問題是丈夫二十年、三十年、四十年都沒有相應的感動，仍然沾沾自喜，「風流是沒有地域限制的」，「年紀漸老的人，也還會起腳動手」。她雖在孩子們面前為丈夫辯護，心中的承受，深沉的撞擊，對好顏面的她畢竟是極大的考驗。她是受過高等教育的知識分子，看來也是個追求完美生活的理想主義者，時代不同了，如果丈夫不再多情，一顆心不再能放在這個家庭，有了他只可能帶來身心兩方面的痛苦；自己又不是不能獨立，兒女們也不致再受到什麼不良的影響了，離婚有何不可？年紀大的婦女也可以自主去追尋更安適的生活，既然這樣的丈夫沒有比有還好，就請他離開吧！

當然她的離婚訴求還是受女性自主意識抬頭的影響，作者似乎可以在這方面提供一些線索；而在老婦「吞忍」的限度上，當然也已到達最高的頂點，作者也沒有花工夫在這方面多做部署。李潼把「老婦訴請離婚」這項重大的驚人之舉，從受日式教育的薰陶，特別多禮，周到體貼，最能掩蓋，內斂含藏，到頗為自尊，非常優雅，委婉卻又固執的女性特質，大體合情合理地做了相當富有人物個性的安排：透過一種老婦自我認定的莊嚴儀式來達成，經過印證，追悼，然後捨棄。

老婦人的金門之旅，絕非單純的旅遊，而是對丈夫情愛的重溫與追尋。選擇金門做景點，是巧妙的手法。因為是戰地，在開放觀光之前不是任何人想去就能去的地方，所以足可經營懸念，有充裕的空間經營幻象，也許這樣，老婦的莊嚴儀式延展了四十年。金門對她的意義不同凡響，作者藉兒子多次有意或無心的金門之旅，她在事前事後那種似濃還淡的關懷，傳達了無比豐富的訊息。高潮則在她於金門一開放不久就安排了旅遊，而且是一步步按圖索驥，做她的情愛印證，她的心事逐層剝露，在適切的敘述觀點之下，令讀者驚異不已。「相思樹、月娘」、「視野很好的寺廟（海印寺）」、「潮浪的聲響」，一一可以按尋。丈夫年輕時曾是那樣多情；自己被多情少男的情意打動，原來是在這樣的景況下寫出那樣深情的情書。

然而現在的丈夫早已記不得當年曾經有過的情思，映照兒子中志的有限觀點就可以明白。中志就幾乎忘記了母親提起的自己與妻子曾經有過的純情，以及妻子心感而定情的一幕。中志還年輕，就已經有這種與妻子疏離的現象：妻子重視，支撐愛情的一些甜美回憶，在丈夫的腦海裡卻早就消淡得毫無痕跡。是充滿悲情吧！老婦取出那封詩文的信，給兒子看，

「主要是給我自己看的」。她的內心必然激盪得厲害，以致「張口微笑，竟像啜泣」。作者用極精潔的筆法，留存許多含藏其中的弦外之音。今昔相較，物是人非，那番值得珍惜的情思，讓她四十年為丈夫無怨無悔的奉獻，在對方卻視之如糞土。只要再審視一遍，肯定確實曾經有過，過去的選擇並沒有錯，這就夠了。還了願以後，燒了情書，就該回到現實世界來了。她焚毀情書的一幕，令人聯想到《紅樓夢》九十七回「林黛玉焚稿斷癡情」，不過，林妹妹是不能自主的病西施，既沒有健康的身體，也沒有自由抉擇的條件，多愁善感的個性，得不到愛情，就只能賠掉性命。〈相思月娘〉中的優雅老婦人不同，是堅毅地寧願嚇人一跳訴求離婚，不肯再面對業已無情的情人，避免破壞自己的安寧；卻是自己守著這分深情，所以她獨自搬去的地方，正是「金門街」，我們可以詮釋說：她追尋的是完美的自我存在。這一個鮮明的人物形象，既具時代特質，也是個有特殊個性的女性。李潼這篇小說的文筆如詩一般，優美而洗練，也有助於為人物勾勒營造適宜的氛圍。

（本文作者現爲國立台灣師範大學師資培育與就業輔導處專任副教授）

九歌文庫 1146

相思月娘

——李潼短篇小說精選集

作者　李　潼
責任編輯　陳逸華
創辦人　蔡文甫
發行人　蔡澤玉
出版發行　九歌出版社有限公司
臺北市105八德路3段12巷57弄40號
電話／02-25776564・傳真／02-25789205
郵政劃撥／0112295-1
九歌文學網　www.chiuko.com.tw
印刷　晨捷印製股份有限公司
法律顧問　龍躍天律師・蕭雄淋律師・董安丹律師
初版　2014（民國103）年1月
定價　**260元**

書號　F1146
ISBN　978-957-444-924-8
（缺頁、破損或裝訂錯誤，請寄回本公司更換）

國家圖書館出版品預行編目資料

相思月娘 ——李潼短篇小說精選集/ 李潼
著. – 初版. -- 臺北市：九歌, 民103.1

面； 公分. -- (九歌文庫 ; 1146)

ISBN 978-957-444-924-8 (平裝)

857.63 102025334

《洪不郎》

◉李潼

潘金勇投一個高壓下墜球餵那個第八棒的小個子吃。二出局，一在壘。小個子亂揮砍，給他砍了一支二游間滾地球，球速不強，但是亂蹦跳。那個第八棒和一壘的第五棒死命跑，扭得很難看。「滑壘！滑壘！」對方的大肚教練一喊，兩個跑壘的傢伙隨即俯衝下去。

亂蹦跳的球鑽過潘金勇胯間，潘金勇劈腿坐下，也沒壓住它。洪不郎閃過二壘跑者，沒等他滑壘，自己先滑一跤。他那個開中藥房的老爸和徐教練喊他，「撿起來！

傳一壘」，游擊手的洪不郎趴在內野紅土上，將球攔住。兩個跑壘者衝得太早，人停了，雙手離壘包還有一人遠，狗爬過去。洪不郎也是那樣狗爬式的去撿球。洪不郎爬得沒人快。裁判雙手劃平，安全上壘

我們這些坐板凳的人，沒一個坐得住。七局下半，四比三我們領先，只要再收拾一個就沒事了。洪不郎怎麼又這樣?!

「安啦，沒要緊，三壘和本壘的人要顧牢，我們會贏啦。」洪老闆大聲叫道，居然脫下帽子在頭頂飄旋，好像有人打了全壘打，還是要召集隊員回來。徐教練臉色不好，氣沖沖喊暫停。我趕緊把那壺人參茶提去。

隊員都小跑步回來了，圍在場邊等教練指示，一隊人